EL ORO
DEL REY

LAS AVENTURAS DEL | CAPITÁN ALATRISTE

ARTURO
PÉREZ-REVERTE

EL ORO
DEL REY

ALFAGUARA

ALFAGUARA

© 2000, Arturo Pérez-Reverte
© De las ilustraciones: Alatriste, S. L.
© De esta edición:
    2000, Grupo Santillana de Ediciones, S. A.
    Torrelaguna, 60. 28043 Madrid
    Teléfono 91 744 90 60
    Telefax 91 744 92 24
    www.alfaguara.com

• Aguilar, Altea, Taurus, Alfaguara S. A.
Beazley 3860. 1437 Buenos Aires. Argentina
• Aguilar, Altea, Taurus, Alfaguara S. A. de C. V.
Avda. Universidad, 767, Col. del Valle,
México, D.F. C. P. 03100. México
• Distribuidora y Editora Aguilar, Altea,
Taurus, Alfaguara, S. A.
Calle 80 nº 10-23
Santafé de Bogotá. Colombia

ISBN: 84-204-4240-2
Depósito legal: M. 45.685-2000
Printed in Spain - Impreso en España

Diseño gráfico: Manuel Estrada

Portada de Carlos Puerta

Ilustraciones:
Joan Mundet (páginas 16, 105, 158, 188, 221, 232)
Carlos Puerta (páginas 11, 33, 35, 60, 61, 87, 89, 116, 117,
144, 145, 172, 173, 196, 197, 224, 225, 251, 253, 268, 277)

PRIMERA EDICIÓN: NOVIEMBRE 2000
SEGUNDA EDICIÓN: DICIEMBRE 2000

*A Antonio Cardenal,
por diez años de amistad,
cine y estocadas.*

¿Qué se saca de aquesto? ¿Alguna gloria?
¿Algunos premios, o aborrecimiento?
Sabrálo quien leyere nuestra historia.

Garcilaso de la Vega

I. LOS AHORCADOS DE CÁDIZ

«Ya estamos muy abatidos, porque los que nos han de honrar nos desfavorecen. El solo nombre de español, que en otro tiempo peleaba y con la reputación temblaba de él todo el mundo, ya por nuestros pecados lo tenemos casi perdido...»

erré el libro y miré a donde todos miraban. Después de varias horas de encalmada, el *Jesús Nazareno* se adentraba en la bahía, impulsado por el viento de poniente que ahora henchía entre crujidos la lona del palo mayor. Agrupados en la borda del galeón, bajo la sombra de las grandes velas, soldados y marineros señalaban los cadáveres de los ingleses, muy lindamente colgados bajo los muros del castillo de Santa Catalina, o en horcas levantadas a lo largo de la orilla, en la linde de los viñedos que se asomaban al océano. Parecían racimos de uvas esperando la vendimia, con la diferencia de que a ellos los habían vendimiado ya.

–Perros –dijo Curro Garrote, escupiendo al mar.

Tenía la piel grasienta y sucia, como todos nosotros: poca agua y jabón a bordo, y liendres como garbanzos después de cinco semanas de viaje desde Dunquerque por Lisboa, con los veteranos repatriados del ejército de Flandes. Se tocaba con resentimiento el brazo izquierdo, medio estropeado por los ingleses en el reducto de Terheyden, contemplando satisfecho la restinga de San Sebastián; donde, frente a la ermita y su torre de la linterna, humeaban los restos del barco que el conde de Lexte había hecho incendiar con cuantos muertos propios pudo recoger, antes de reembarcar a su gente y retirarse.

–Han ajustado lo suyo –comentó alguien.

–Más lucido sería el cobro –apostilló Garrote– si nosotros llegáramos a tiempo.

Se le traspasaban las ganas de colgar él mismo algunos de aquellos racimos. Porque ingleses y holandeses habían venido sobre Cádiz una semana atrás, tan prepotentes y sobrados como solían, con ciento cinco naves de guerra y diez mil hombres, resueltos a saquear la ciudad, quemar nuestra armada en la bahía y apoderarse de los galeones de las flotas del Brasil y Nueva España, que estaban al llegar. Su talante vino más tarde a contarlo el gran Lope de Vega en su comedia *La moza de cántaro*, con el soneto famoso:

> *Atrevióse el inglés, de engaño armado,*
> *porque al león de España vio en el nido...*

Y de esa manera había llegado el de Lexte, taimado, cruel y pirata como buen inglés –aunque los de su nación se adobaran siempre con fueros e hipocresía–, desembarcando mucha gente hasta rendir el fuerte del Puntal. En aquel tiempo, ni el joven Carlos I ni su ministro Buckingham perdonaban el desplante hecho cuando el primero pretendió desposar a una infanta de España, y se le entretuvo en Madrid dándole largas hasta que terminó de vuelta a Londres y muy corrido –me refiero al lance, que recordarán vuestras mercedes, en que el capitán Alatriste y Gualterio Malatesta estuvieron en un tris de agujerearle el jubón–. En cuanto a Cádiz, a diferencia de lo que pasó treinta años antes cuando el saco de la ciudad por Essex, esta vez no lo quiso Dios: nuestra gente estaba puesta sobre las armas, la defensa fue reñida, y a los soldados de las galeras del duque de Fernandina se unieron los vecinos de Chiclana, Medina Sidonia y Vejer, amén de infantes, caballos y soldados viejos que por allí había; y con todo esto dieron tan recia brasa a los ingleses que se les estorbó con buena sangría el propósito. De manera que, tras sufrir mucho y no pasar de donde se hallaba, reembarcó Lexte a toda prisa, conocedor de que en lugar de la flota del oro y la plata de Indias, lo que venían eran nuestros galeones, seis barcos grandes y otras naves menores españolas y portuguesas –en ese tiempo compartíamos imperio y enemigos gracias a la herencia materna del gran rey Felipe, el segundo Austria– todas con buena artillería, soldados de tercios reformados y veteranos con licencia, gente muy hecha al fuego en Flandes; que enterado nuestro almirante del suceso en Lisboa, forzaba el trapo para acudir a tiempo.

El caso es que ahora las velas herejes eran puntitos blancos en el horizonte. Las habíamos cruzado la tarde anterior, lejos, de vuelta a casa después de su intento fallido de repetir la fortuna del año noventa y seis, cuando ardió todo Cádiz y hasta los libros de las bibliotecas se llevaron. No deja de tener su gracia que los ingleses se alaben tanto por la derrota de la que llaman con ironía nuestra Invencible, y por lo de Essex y cosas como ésa; pero nunca traigan a colación las ocasiones en que a ellos les salió el cochino mal capado. Que si aquella infeliz España era ya un imperio en decadencia, con tanto enemigo dispuesto a mojar pan en la pepitoria y arrebañar los menudos, aún quedaban dientes y zarpas para vender cara la piel del viejo león, antes de que se repartieran el cadáver los cuervos y los mercaderes a quienes la doblez luterana y anglicana –el diablo los cría y ellos se juntan– permitió siempre conjugar sin embarazo el culto a un Dios de manga ancha con la piratería y el beneficio comercial; que entre herejes, ser ladrón devino siempre respetada arte liberal. De modo que, de creer a sus cronistas, los españoles guerreábamos y esclavizábamos por soberbia, codicia y fanatismo, mientras todos los demás que nos roían los zancajos, ésos saqueaban, traficaban y exterminaban en nombre de la libertad, la justicia y el progreso. En fin. Cosas veredes. De cualquier manera, lo que esta famosa jornada dejaban atrás los ingleses eran treinta naves perdidas en Cádiz, banderas humilladas y buen golpe de muertos en tierra, cosa de un millar, sin contar los rezagados y los borrachos que los nuestros ahorcaban sin misericordia en las murallas y en las viñas. Esta vez les había salido el tiro por el mocho del arcabuz, a los hideputas.

Al otro lado de los fuertes y las viñas podíamos distinguir la ciudad de casas blancas y sus altas torres semejantes a atalayas. Doblamos el baluarte de San Felipe situándonos fronteros al puerto, oliendo la tierra de España como los asnos huelen el verde. Unos cañones nos saludaban con salvas de pólvora, y respondían con estruendo las bocas de bronce que asomaban por nuestras portas. En la proa del *Jesús Nazareno*, los marineros aprestaban las áncoras de hierro para dar fondo. Y al cabo, cuando en la arboladura gualdrapeó la lona recogida por los hombres encaramados a las antenas, guardé en la mochila el *Guzmán de Alfarache* –comprado por el capitán Alatriste en Amberes para disponer de lectura en el viaje– y fui a reunirme con mi amo y sus camaradas en la borda del combés. Alborotaban casi todos, dichosos ante la proximidad de la tierra, sabiendo que estaban a punto de acabar las zozobras del viaje, el peligro de ser arrojados por vientos contrarios sobre la costa, el hedor de la vida bajo cubierta, los vómitos, la humedad, el agua semipodrida y racionada a medio cuartillo por día, las habas secas y el bizcocho agusanado. Porque si miserable es la condición del soldado en tierra, mucho peor lo es en el mar; que si allí quisiera Dios ver al hombre, no le habría dado pies y manos, sino aletas.

El caso es que cuando llegué junto a Diego Alatriste, mi amo sonrió un poco, poniéndome una mano en el hombro. Tenía el aire pensativo, sus ojos glaucos observaban el paisaje, y recuerdo que llegué a pensar que no era el aspecto de un hombre que regresara a ninguna parte.

—Ya estamos aquí otra vez, zagal.

–Ya estamos aquí otra vez, zagal.

Lo dijo de un modo extraño, resignado. En su boca, estar allí no parecía diferente de estar en cualquier otro sitio. Yo miraba Cádiz, fascinado por el efecto de la luz sobre sus casas blancas y la majestuosidad de su inmensa bahía verde y azul; aquella luz tan distinta de mi Oñate natal, y que sin embargo también sentía como propia. Como mía.

–España –murmuró Curro Garrote.

Sonreía torcido, el aire canalla, y había pronunciado el nombre entre dientes, como si lo escupiese.

–La vieja perra ingrata –añadió.

Se tocaba el brazo estropeado cual si de pronto le doliera, o preguntándose para sus adentros en nombre de qué había estado a punto de dejarlo, con el resto del pellejo, en el reducto de Terheyden. Iba a decir algo más; pero Alatriste lo observó de soslayo, el aire severo, la pupila penetrante y aquella nariz aguileña sobre el mostacho que le daba el aspecto amenazador de un halcón peligroso y seco. Lo miró un instante, luego me miró a mí y volvió a clavar sus ojos helados en el malagueño, que cerró la boca sin ir más allá.

Echábanse entretanto al agua las áncoras, y nuestra nave quedó inmóvil en la bahía. Hacia la banda de arena que unía Cádiz con tierra firme se veía salir humo negro del baluarte del Puntal, pero la ciudad no había sufrido apenas los efectos de la batalla. La gente saludaba moviendo los brazos en la orilla, congregada ante los almacenes reales y el edificio de la aduana, mientras faluchos y pequeñas embarcaciones nos rodeaban entre vítores de sus tripulaciones, como si los ingleses hubieran huido de Cádiz por nuestra causa. Luego supe que nos tomaban equivocadamente por avanzada de la flota de Indias, a cuya arribada anual, lo mismo que el escarmentado Lexte y sus piratas anglicanos, nos adelantábamos algunos días.

Y voto a Cristo que el nuestro había sido también un viaje largo y lleno de azares; sobre todo para mí, que nunca había visto los fríos mares septentrionales. Desde Dunquerque, en convoy de siete galeones, otras naves mercantes y varios corsarios vascongados y flamencos hasta sumar dieciséis velas, habíamos roto el bloqueo holandés rumbo al norte, donde nadie nos esperaba, y caído sobre la flota arenquera neerlandesa para ejecutar en ella muy linda montería antes de rodear Escocia e Irlanda y bajar luego hacia el sur por el océano. Los mercantes y uno de los galeones se desviaron de camino, a Vigo y a Lisboa, y el resto de las grandes naves seguimos rumbo a Cádiz. En cuanto a los corsarios, ésos se habían quedado por arriba, merodeando frente a las costas inglesas, haciendo muy bien su oficio, que era el de saquear, incendiar y perturbar las actividades marítimas del enemigo, del mismo modo que éste nos lo hacía a nosotros en las Antillas y en donde podía. Que a veces Dios queda bien servido, y donde las dan las toman.

Fue en ese viaje donde asistí a mi primer combate naval, cuando pasado el canal entre Escocia y las Shetland, pocas leguas al oeste de una isla llamada Foula, o Foul, negra e inhóspita como todas aquellas tierras de cielo gris, dimos sobre una gran flotilla de esos pesqueros de arenque que los holandeses llaman *buizen*, escoltada por cuatro naves de guerra luteranas, entre ellas una urca grande y de buen porte. Y mientras nuestros mercantes quedaban aparte, voltejeando a barlovento, los corsarios vascos y flamencos se lanzaron como buitres sobre los pesqueros, y el *Virgen del Azogue*, que así se llamaba nuestra capitana, nos condujo al resto contra los navíos de guerra holandeses. Quisieron los herejes, como acostumbran, jugar de la artillería tirando de lejos con sus cañones de cuarenta libras y con las culebrinas, merced a la pericia en las maniobras de sus tripulaciones, más hechas al mar que los españoles; habilidad en la que –como demostró el desastre de la Gran Armada– ingleses y holandeses nos aventajaban siempre, pues sus soberanos y gobernantes alentaron la ciencia náutica y cuidaron a sus marinos, pagándolos bien; mientras que España, cuyo inmenso imperio dependía del mar, vivió de espaldas a éste, habituada a tener en más al soldado que al navegante. Que cuando hasta las meretrices de los puertos blasonaban de Guzmanes y Mendozas, la milicia teníase aquí por cosa hidalga, y a la gente de mar, por oficio bajo. Con el resultado de que el enemigo sumaba buenos artilleros, tripulantes hábiles y experimentados capitanes de mar y guerra; y nosotros, pese a contar con buenos almirantes y pilotos y aún mejores barcos, teníamos muy valiente infantería embarcada y poco más. De cualquier manera, lo cierto es que en aquel tiempo los españoles todavía éramos muy temidos en el cuerpo a cuerpo; y ésa era la causa de que los combates navales consistieran siempre en el intento de holandeses e ingleses por mantenerse lejos, desarbolarnos con su fuego y arrasar nuestras cubiertas para matarnos mucha gente hasta rendirnos, procurando nosotros, al contrario, acercarnos lo bastante para pasar al abordaje, que era donde la infantería española daba lo mejor de sí misma y solía mostrarse cruel e imbatible.

De ese modo transcurrió el combate de la isla Foula, intentando los nuestros acortar distancia, como acostumbrábamos, y procurando estorbarlo con muchos tiros el enemigo, como él también usaba. Pero el *Azogue*, pese al castigo que le dejó parte de la jarcia suelta y la cubierta encharcada de sangre, logró entrar muy gallardamente en mitad de los herejes, tan junto a la capitana que las velas de su cebadera barrían el combés del holandés; y por allí arrojaron arpeos de abordaje y empezó a meterse mucha infantería española en la urca entre fogonazos de mosquetería y blandir de picas y hachas. Y a poco, nosotros, que a bordo del *Jesús Nazareno* nos sotaventeábamos arcabuceando la otra banda del enemigo, vimos cómo los nuestros llegaban al alcázar de la capitana holandesa y se cobraban muy en crudo cuanto los otros les habían tirado de lejos. Y baste, en resumen, apuntar que los más afortunados entre los herejes fueron quienes se echaron al agua gélida con tal de escapar al degüello. De esa manera les tomamos dos urcas y hundimos una tercera, escapando la cuarta bien maltrecha, mientras los corsarios –nuestros flamencos católicos de Dunquerque no se quedaron atrás en la faena– saquearon e incendiaron muy a su gusto veintidós arenqueros, que navegaban dando bordos desesperados en todas direcciones como gallinas a las que se les cuelan raposas en el gallinero. Y al anochecer, que en la latitud de aquellos mares llega cuando en España apenas es media tarde, dimos vela al sudoeste dejando en el horizonte un paisaje de incendios, náufragos y desolación.

Ya no hubo más incidentes salvo las incomodidades propias del viaje, si descontamos tres días de temporal a medio camino entre Irlanda y el cabo Finisterre que nos tuvieron a todos zarandeados bajo cubierta con el paternoster y el avemaría en la boca –un cañón suelto aplastó como chinches a unos cuantos contra los mamparos, antes de que pudiéramos trincarlo de nuevo– y dejaron maltrecho el galeón *San Lorenzo*, que al cabo terminaría separándose de nosotros para resguardarse en Vigo. Luego vino la noticia de que el inglés había ido otra vez sobre Cádiz, lo que conocimos con gran alarma en Lisboa; de modo que mientras algunos buques de la guardia de la carrera de Indias salían rumbo a las islas Azores, al encuentro de la flota del tesoro para reforzarla y prevenirla, nosotros desplegamos vela para ir a Cádiz en buena hora; con ocasión, como dije, de ver las espaldas a los ingleses.

Todo aquel tiempo, en fin, lo utilicé en leer con mucho deleite y provecho el libro de Mateo Alemán, y otros que el capitán Alatriste había traído, o pudo conseguir a bordo –que fueron, si no recuerdo mal, la *Vida del Escudero Marcos de Obregón*, un Suetonio y la segunda parte de *El ingenioso hidalgo don Quijote de la Mancha*–. También el viaje tuvo para mí un aspecto práctico que con el tiempo sería utilísimo; y fue que tras mi experiencia de Flandes, donde ya me había hecho con todas las mañas relacionadas con la guerra, el capitán Alatriste y sus camaradas me ejercitaron en la verdadera destreza

de las armas. Yo iba camino de los dieciséis como por la posta, mi cuerpo alcanzaba buenas proporciones, y las fatigas flamencas habíanme endurecido los miembros, asentado el tem-
ple y cuajado el ánimo. Diego Alatriste conocía mejor que
nadie que una hoja de acero iguala al hombre humilde con el
más alto monarca; y que cuando los naipes vienen malos, meter mano a la toledana es recurso mejor que otros para ganar-
se el pan, o defenderlo. Por eso, a fin de completar mi educación por el lado áspero iniciado en Flandes, decidió hacerme
plático en los secretos de la esgrima; y de ese modo, a diario,
buscábamos un lugar desembarazado de la cubierta donde los
camaradas nos dejaban espacio, e incluso hacían corros para
mirar con ojo experto y menudear opiniones y consejos, ado-
bándolos con hazañas y lances a veces más inventados que
reales. En aquel ambiente de gente conocedora –no hay mejor
maestro, dije una vez, que el bien acuchillado–, el capitán Alatriste y yo practicábamos estocadas, fintas, alcances y retira-
das, golpes de uñas arriba y uñas abajo con heridas de punta o
por los filos, y todos los etcéteras que componen la panoplia
de un esgrimidor profesional. Así aprendí a reñir a lo bravo, a
sujetar la espada del contrario y entrarle recto por los pechos,
a salir cortándole el rostro de revés, a herir de tajo y dar estocadas con la espada y la daga, a cegar con la luz de un farol, o
con el sol, a ayudarme sin empacho con puntapiés y codazos,
o las mil tretas para embarazar la hoja del contrario con la
capa y matar en un válgame Dios. Aquello, en suma, que suponía destreza de espadachín. Y aunque estábamos lejos de
sospecharlo, muy pronto tendría ocasión de ponerlo en prác-

tica; pues una carta nos esperaba en Cádiz, un amigo en Sevilla, y una increíble aventura en la barra del Guadalquivir. Todo lo cual, y cada cosa a su tiempo, me propongo contar despacio a vuestras mercedes.

Querido capitán Alatriste:

Quizá os sorprendan estas letras, que sirven en primer lugar para daros la bienvenida por vuestro retorno a España, que espero hayáis concluido con toda felicidad.

Gracias a las noticias que me remitisteis desde Amberes, donde pálido os vio el Escalda, buen soldado, he podido seguir vuestros pasos; y espero que sigáis sano y bueno, como nuestro querido Íñigo, pese a las añagazas del cruel Neptuno. De ser así, creed que llegáis en el momento justo. Porque en caso de que a vuestro arribo a Cádiz todavía no haya venido la flota de Indias, debo rogaros que acudáis de inmediato a Sevilla por los medios más adecuados. En la ciudad del Betis está el Rey Nuestro Señor, que visita Andalucía con Su Majestad la Reina; y puesto que mi favor cerca de Philipo Cuarto y de su Atlante el conde duque sigue en grata privanza (aunque ayer se fue, mañana no ha llegado, y un soneto o un epigrama inoportunos pueden costarme otro destierro a mi Ponto Euxino de la Torre de Juan Abad), estoy aquí en su ilustre compañía, haciendo un poco de todo, y en apariencia mucho de nada; al menos de forma oficial. En cuanto a lo oficioso, eso os lo referiré con detalle cuando tenga el gusto de

abrazaros en Sevilla. Hasta entonces no puedo decir más.
Sólo que, teniendo que ver con vuestra merced, se trata (natu-
ralmente) de un asunto de espada.

Os mando mi afectuoso abrazo, y el saludo del conde de
Guadalmedina; que también anda por aquí, tan lindo de talle
como acostumbra, seduciendo sevillanas.

Vuestro amigo, siempre
Fran.^{co} de Quevedo Villegas

Diego Alatriste guardó la carta en el jubón y subió al es-
quife, acomodándose a mi lado entre los fardos de nuestro
equipaje. Sonaron las voces de los barqueros al inclinarse sobre los remos, chapotearon éstos, y el *Jesús Nazareno* fue
quedando atrás, inmóvil en el agua quieta junto a los otros galeones, imponentes sus altos costados negros de calafate, con
la pintura roja y los dorados reluciendo en la claridad del día
y la arboladura elevándose al cielo entre su jarcia enmara-
ñada. A poco estábamos en tierra, sintiendo el suelo oscilar
bajo nuestros pies inseguros. Caminábamos aturdidos entre la
gente, con tanto espacio para movernos tras demasiado tiempo en la cubierta de un buque. Nos deleitábamos con la comida expuesta a la puerta de las tiendas: las naranjas, los limones,
las pasas, las ciruelas, el olor de las especias, las salazones y el
pan blanco de las tahonas, las voces familiares que pregona-
ban géneros y mercancías singulares como papel de Génova,
cera de Berbería, vinos de Sanlúcar, Jerez y El Puerto, azúcar

de Motril... El capitán se hizo afeitar y arreglar el pelo y el mostacho a la puerta de una barbería; y permanecí a su lado, mirando complacido alrededor. En aquel tiempo Cádiz todavía no desplazaba a Sevilla en la carrera de Indias, y la ciudad era pequeña, con cuatro o cinco posadas y mesones; pero las calles, frecuentadas por genoveses, portugueses, esclavos negros y moros, estaban bañadas de luz cegadora y el aire era transparente, y todo era alegre y muy distinto a Flandes. Apenas había traza del reciente combate, aunque se veían por todas partes soldados y vecinos armados; y la plaza de la Iglesia Mayor, hasta la que nos llegamos tras lo del barbero, hormigueaba de gente que iba a dar gracias por haberse librado la ciudad del saqueo y del incendio. El mensajero, un negro liberto enviado por don Francisco de Quevedo, nos aguardaba allí según lo convenido; y mientras nos refrescábamos en un bodegón y comíamos unas tajadas de atún con pan candeal y bajocas hervidas rociadas con aceite, el mulato nos puso al corriente de la situación. Todas las caballerías estaban requisadas a causa del rebato de los ingleses, explicó, y el medio más seguro de ir a Sevilla era cruzar hasta El Puerto de Santa María, donde fondeaban las galeras del rey, y embarcar en una que se disponía a subir por el Guadalquivir. El negro tenía preparado un botecillo con un patrón y cuatro marineros; así que volvimos al puerto, y de camino nos entregó unos documentos refrendados con la firma del duque de Fernandina, que eran pasaporte para que a Diego Alatriste y Tenorio, soldado del rey con licencia de Flandes, y a su criado Íñigo Balboa Aguirre, se les facilitase libre tránsito y embarque hasta Sevilla.

En el puerto, donde se amontonaban fardos de equipajes y enseres de soldados, nos despedimos de algunos camaradas que por allí andaban, tan engolfados en el juego como en las busconas de medio manto que aprovechaban el desembarco para hacer buena presa. Cuando le dijimos adiós, Curro Garrote ya estaba pie a tierra, acuclillado junto a una tabla de juego con más trampas y flores que mayo, dándole a la desencuadernada como si le fuera la vida en ello, desabotonada la ropilla y la mejor mano que tenía apoyada en el pomo de la vizcaína por si las moscas, jugando con la otra entre menudeos a un jarro de vino y a los naipes que iban y venían entre blasfemias, porvidas y votos a tal, viendo ya en dedos ajenos la mitad de su bolsa. Pese a todo, el malagueño interrumpió el negocio para desearnos suerte, con la apostilla de que nos veríamos en cualquier parte, aquí o allá.

–Lo más tarde, en el infierno –concluyó.

Después de Garrote nos despedimos de Sebastián Copons, que como recordarán vuestras mercedes era de Huesca y soldado viejo, pequeño, seco, duro y todavía menos dado a palabras que el propio capitán Alatriste. Copons dijo que pensaba disfrutar un par de días de su licencia en la ciudad, y luego subiría también hasta Sevilla. Contaba cincuenta años, muchas campañas a la espalda y demasiadas costuras en el cuerpo –la última, la del molino Ruyter, le cruzaba una sien hasta la oreja–; y tal vez era tiempo, comentó, de pensar en Cillas de Ansó, el pueblecito donde había nacido. Una mujer moza y un poco de tierra propia haríanle buen acomodo, si es que lograba acostumbrarse a destripar terrones en vez de luteranos. Mi amo y él quedaron en verse en Sevilla, donde la hostería de Becerra. Y al despedirse observé que se abrazaban en silencio, sin aspavientos pero con una firmeza que les cuadraba mucho a ambos.

Sentí separarme de Copons y de Garrote; incluso del último, que pese a lo vivido juntos nunca había llegado a caerme simpático, con su pelo ensortijado, su pendiente de oro y sus peligrosas maneras de rufián del Perchel. Pero ocurría que ésos eran los únicos camaradas de nuestra vieja escuadra de Breda que nos acompañaban hasta Cádiz. El resto se había ido quedando por aquí y por allá: el mallorquín Llop y el gallego Rivas bajo dos palmos de tierra flamenca, uno en el molino Ruyter y otro en el cuartel de Terheyden. El vizcaíno Mendieta, si es que aún podía contarlo, seguiría postrado por el vómito negro en un siniestro hospital para soldados de Bruselas; y los hermanos Olivares, llevándose como mochilero a mi amigo Jaime Correas, habíanse reenganchado para una nueva campaña en el tercio de infantería española de don Francisco de Medina, después de que el nuestro de Cartagena, que tanto había sufrido en el largo asedio de Breda, quedase temporalmente reformado. La guerra de Flandes iba para largo; y se decía que, tras los esfuerzos en dinero y vidas de los últimos años, el conde duque de Olivares, valido y ministro de nuestro rey don Felipe Cuarto, había decidido poner al ejército de allá arriba en actitud defensiva, para combatir de forma económica, reduciendo las tropas de choque a lo indispensable. Lo cierto es que seis mil soldados se habían visto licenciados de grado o por fuerza; y de este modo volvían a España en el *Jesús Nazareno* muchos veteranos, viejos y enfermos unos, ajustados otros con sus pagas, cumplido el tiempo reglamentario de servicio o con destino a diferentes tercios y agrupaciones en la Península o el Mediterráneo. Cansados muchos, en fin, de la guerra y sus peligros; y que podían decir, como aquel personaje de Lope:

> *Bien mirado, ¿qué me han hecho*
> *los luteranos a mí?*
> *Jesucristo los crió,*
> *y puede, por varios modos,*
> *si Él quiere, acabar con todos*
> *mucho más fácil que yo.*

También en el puerto de Cádiz se despidió el negro enviado por don Francisco de Quevedo, después de indicarnos nuestro bote al capitán Alatriste y a mí. Subimos a bordo, nos apartamos de tierra a fuerza de remos, y tras pasar de nuevo entre nuestros imponentes galeones –no era común verlos tan a ras del agua– el patrón hizo dar la vela por ser el viento propicio. Cruzamos así la bahía rumbo a la desembocadura del Guadalete, y al atardecer nos arrimamos a la borda de la *Levantina*, una esbelta galera fondeada con otras muchas en mitad del río, todas con sus antenas y vergas amarradas sobre cubierta, ante las grandes montañas, que parecían nieve, de las salinas en la margen izquierda. La ciudad blanca y parda se extendía por la derecha, con el elevado torreón del castillo protegiendo la boca del fondeadero. El Puerto de Santa María era base principal de las galeras del rey

nuestro señor, y mi amo lo conocía del tiempo en que andu-
vo embarcado contra turcos y berberiscos. En cuanto a las
galeras, esas máquinas de guerra movidas por músculos y
sangre humana, también sabía de ellas más de lo que muchos
quisieran saber. Por eso, tras presentarnos al capitán de la
Levantina, que visto el pasaporte nos autorizó a quedarnos
a bordo, Alatriste buscó un lugar cómodo en una balleste-
ra, ensebó las manos del cómitre de la chusma con uno de a
ocho, y se instaló conmigo, recostado en nuestro equipaje y
sin quitar mano de la daga en toda la noche. Que en gurapas,
o sea, en galeras, me dijo en susurros y con una sonrisa bai-
lándole bajo el mostacho, desde el capitán hasta el último
forzado, el más honesto no se licencia para la Gloria con menos de trescientos años de purgatorio.

Dormí arropado en mi ruana, sin que las cucarachas y pio-
jos que correteaban por encima añadiesen novedad a lo que
ya me tenía acostumbrado el largo viaje hecho en el *Naza-*
reno; que entre ratas, chinches, pulgas y otras alimañas y sabandijas, cualquier barco o cosa que flote encierra tan gallar-
da legión, que son capaces de merendarse a un grumete sin
respetar viernes ni cuaresmas. Y cada vez que despertaba para
el trámite de rascarme, encontraba cerca de mí los ojos abiertos de Diego Alatriste, tan claros que parecían hechos con la
misma luz de la luna que se movía despacio sobre nuestras cabezas y los mástiles de la galera. Yo recordaba su broma sobre

lo de licenciarse del purgatorio. Lo cierto es que nunca le
había oído comentar la causa de la licencia pedida a nuestro
capitán Bragado al término de la campaña de Breda, y ni entonces ni después pude arrancarle una sílaba sobre el particular; pero intuyo que algo tuve que ver con esa decisión. Sólo
más tarde supe que en algún momento Alatriste barajó la posibilidad, entre otras, de pasar conmigo a las Indias. Ya he
contado que desde la muerte de mi padre en un baluarte de
Jülich, corriendo el año veintiuno, el capitán se ocupaba de mí
a su manera; y por esas fechas había llegado a la conclusión de
que, cumplida la experiencia militar flamenca, útil para un mozo de mi siglo y condiciones si no dejaba en ella la salud, la
piel o la conciencia, ya era tiempo de prevenir mi educación
y futuro regresando a España. No era el de soldado el oficio
que Alatriste creía mejor para el hijo de su amigo Lope Balboa, aunque eso lo desmentí con el tiempo, cuando después
de Nordlingen, la defensa de Fuenterrabía y las guerras de
Portugal y Cataluña, fui alférez en Rocroi; y tras mandar una
bandera senté plaza como teniente de los correos reales y
luego como capitán de la guardia española del rey don Felipe
Cuarto. Pero tal biografía da cumplida razón a Diego Alatriste; pues aunque peleé honrosamente como buen católico, español y vascongado en muchos campos de batalla, poco ob-
tuve de eso; y debí las ventajas y ascensos más al favor del rey,
a mi relación con Angélica de Alquézar y a la fortuna que
me acompañó siempre, que a los resultados de la vida militar
propiamente dicha. Que España, pocas veces madre y más a
menudo madrastra, mal paga siempre la sangre de quien la

vierte a su servicio; y otros con más mérito se pudrieron en las antesalas de funcionarios indiferentes, en los asilos de inválidos o a la puerta de los conventos, del mismo modo que antes se habían podrido en los asaltos y trincheras. Que si yo fui afortunado por excepción, en el oficio de Alatriste y el mío, lo común después de toda una vida viendo granizar las balas sobre los arneses era terminar:

> *Bien roto, con mil heridas,*
> *yendo a dar tus memoriales*
> *por dicha, en los hospitales*
> *donde se acaban las vidas.*

O pedir no ya una ventaja, un beneficio, una bandera o siquiera pan para tus hijos, sino simple limosna por venir manco de Lepanto, de Flandes o del infierno, y que te dieran con la puerta en las narices por aquello de:

> *Si a Su Majestad sirvió*
> *y el brazo le estropeó*
> *su poca ventura allí,*
> *¿hemos de pagarle aquí*
> *lo que en Flandes peleó?*

También, imagino, el capitán Alatriste se hacía viejo. No anciano, si entienden vuestras mercedes; pues en esa época –finales del primer cuarto cumplido del siglo– debía de andar por los cuarenta y muy pocos años. Hablo de viejo por den-

tro cual corresponde a hombres que, como él, habían pelea-
do desde su mocedad por la verdadera religión sin obtener a
cambio más que cicatrices, trabajos y miserias. La campaña
de Breda, donde Alatriste había puesto algunas esperanzas
para él y para mí, había sido ingrata y dura, con jefes injustos,
maestres crueles, harto sacrificio y poco beneficio; y salvo el
saco de Oudkerk y algunas pequeñas rapiñas locales, al cabo
de dos años estábamos todos tan pobres como al principio, si
descontamos la paga de licencia –la de mi amo, pues los mo-
chileros no cobrábamos– que en forma de algunos escudos
de plata iba a permitirnos sobrevivir unos meses. Pese a ello,
el capitán aún habría de pelear más veces, cuando la vida nos
puso en la ocasión ineludible de volver bajo las banderas españolas; hasta que, ya con el cabello y el mostacho grises, lo
vi morir como lo había visto vivir: de pie, el acero en la mano
y los ojos tranquilos e indiferentes, en la jornada de Rocroi,
el día que la mejor infantería del mundo se dejó aniquilar, impasible, en un campo de batalla por ser fiel a su rey, a su le-
yenda y a su gloria. Y con ella, del modo en que siempre lo
conocí, tanto en la fortuna, que fue poca, como en la miseria,
que fue mucha, el capitán Alatriste se extinguió leal a sí mismo. Consecuente con sus propios silencios. A lo soldado.

Pero no adelantemos episodios, ni acontecimientos. Decía
a vuestras mercedes que desde mucho antes de que todo eso
ocurriera, algo moría en el que entonces era mi amo. Algo in-
definible, de lo que empecé a ser de veras consciente en aquel
viaje por mar que nos trajo de Flandes. Y a esa parte de Diego
Alatriste, yo, que alcanzaba meridiana lucidez con el vigor de

los años, aun sin entender bien lo que era, la veía morir despacio. Más tarde deduje que se trataba de una fe, o de los restos de una fe: quizás en la condición humana, o en lo que descreídos herejes llaman azar y los hombres de bien llaman Dios. O tal vez la dolorosa certeza de que aquella pobre España nuestra, y el mismo Alatriste con ella, se deslizaba hacia un pozo sin fondo y sin esperanza del que nadie iba a sacarla, ni a sacarnos, en mucho tiempo y muchos siglos. Y todavía me pregunto si mi presencia a su lado, mi mocedad y mi mirada –yo aún lo veneraba entonces– no contribuirían a hacerle mantener la compostura. Una compostura que en otras circunstancias tal vez quedase anegada como mosquitos en vino, en aquellas jarras que de vez en cuando eran demasiadas. O resuelta en el negro y definitivo cañón de su pistola.

II. UN ASUNTO DE ESPADA

abrá que matar –dijo don Francisco de Quevedo–. Y puede que mucho.

–Sólo tengo dos manos –respondió Alatriste.

–Cuatro –apunté yo.

El capitán no apartaba los ojos de la jarra de vino. Don Francisco se ajustó los espejuelos y me miró reflexivo, antes de volverse hacia el hombre sentado junto a una mesa al otro extremo, en un rincón discreto de la hostería. Ya estaba allí cuando llegamos, y nuestro amigo el poeta lo había llamado micer Olmedilla, sin presentaciones ni detalles, salvo que al cabo añadió la palabra contador: el contador Olmedilla. Era hombre pequeño, flaco, calvo y muy pálido. Su aspecto resultaba tímido, ratonil, pese a la indumentaria negra y al bigotito curvado en las puntas rematando una barba corta y rala. Tenía manchas de tinta en los dedos: parecía un leguleyo, o un funcionario que viviera a la luz de las velas, entre legajos y papeles. Ahora lo vimos asentir, prudente, a la pregunta muda que le hacía don Francisco.

—El negocio tiene dos partes –confirmó Quevedo al capitán–. En la primera, lo asistiréis en ciertas gestiones –indicó al hombrecillo, que se mantenía impasible ante nuestro escrutinio–... Para la segunda, podréis reclutar la gente necesaria.

—La gente necesaria cobra una señal por adelantado.

—Dios proveerá.

—¿Desde cuándo metéis a Dios en estos lances, don Francisco?

—Tenéis razón. De cualquier modo, con o sin él, no es oro lo que falta.

Bajaba la voz, no sé si al mencionar el oro o a Dios. Los dos años largos transcurridos desde nuestra aventura con la Inquisición, cuando don Francisco de Quevedo rescató mi vida en pleno auto de fe a fuerza de picar espuelas, habían puesto un par de arrugas más en su frente. También tenía el aire cansado mientras daba vueltas a la inevitable jarra de vino, esta vez blanco y añejo de la Fuente del Maestre. El rayo de sol de la ventana iluminaba el pomo dorado de su espada, mi mano apoyada en la mesa, el perfil en contraluz del capitán Alatriste. La hostería de Enrique Becerra, famosa por su cordero a la miel y por el guiso de carrillada de puerco, estaba cerca de la mancebía del Compás de la Laguna, junto a la puerta del Arenal; y desde el piso alto podían verse, detrás de las murallas y la ropa blanca que las putas colgaban en la terraza para secarla al sol, los mástiles y los gallardetes de las galeras amarradas al otro lado del río, en la orilla de Triana.

–Ya lo veis, capitán –añadió el poeta–. Una vez más, no queda sino batirse... Aunque esta vez yo no os acompañe.

Ahora sonreía amistoso y tranquilizador, con aquel afecto singular que siempre había reservado para nosotros.

–Cada cual –murmuró Alatriste– tiene su sombra.

Vestía de pardo, con jubón de gamuza, valona lisa, gregüescos de lienzo y polainas, a lo militar. Sus últimas botas se habían quedado con las suelas llenas de agujeros a bordo de la *Levantina*, cambiadas al sotacómitre por unas huevas secas de mújol, habas cocidas y un pellejo de vino para sostenernos en el viaje río arriba. Por esa, entre otras razones, mi amo no parecía lamentar demasiado que el primer lance apenas pisada tierra española fuese una invitación para volver a su antiguo oficio. Quizá porque el encargo venía de un amigo, o porque el amigo decía transmitir ese encargo de más arriba y más alto; y sobre todo, imagino, porque la bolsa que traíamos de Flandes no sonaba al agitarla. De vez en cuando el capitán me miraba pensativo, preguntándose en qué lugar exacto de todo aquello me situaban los dieciséis años por los que yo andaba en sazón, y la destreza que él mismo me había enseñado. Yo no ceñía espada, por supuesto, y sólo mi buena daga de misericordia colgaba del cinto a la altura de los riñones; pero ya era mochilero probado en la guerra, listo, rápido, valiente y listo para hacer buen avío cuando se terciara. La cuestión para Alatriste, imagino, era dejarme dentro o dejarme fuera.

Aunque tal y como estaban las cosas él ya no era dueño de decidirlo solo; para lo bueno o para lo malo, nuestras vidas estaban enlazadas. Y además, como él mismo acababa de decir, cada hombre tiene su propia sombra. En cuanto a don Francisco, por el modo en que me observaba, admirando el estirón de la juventud y el bozo en mi labio superior y en mis mejillas, deduje que pensaba igual: estaba en la edad en que un mozo es tan capaz de dar estocadas como de recibirlas.

—Íñigo también —apuntó el poeta.

Yo conocía lo bastante a mi amo para saber callar; y así lo hice, contemplando con fijeza, como él, la jarra de vino —también en eso había crecido— que estaba ante mí sobre la mesa. La de don Francisco no era una pregunta, sino una reflexión sobre algo que resultaba obvio; y Alatriste asintió resignado, despacio, tras un silencio. Lo hizo sin llegar a mirarme siquiera, y yo sentí un júbilo interior, muy luminoso y fuerte, que disimulé acercando la jarra a mis labios. El vino me supo a gloria, y a madurez. A aventura.

—Entonces bebamos por Íñigo —dijo Quevedo.

Bebimos, y el contador Olmedilla, aquel fulano enlutado, menudo y pálido, nos acompañó desde su mesa sin tocar la jarra, con una seca inclinación de cabeza. En cuanto al capitán, a don Francisco y a mí, ése no era el primer brindis de la jornada, tras el encuentro que nos unió a los tres en un abrazo en el puente de barcas que comunicaba Triana con el Arenal, apenas desembarcamos de la *Levantina*. Habíamos recorrido la costa desde El Puerto de Santa María, pasando frente a Rota antes de remontar por la barra de Sanlúcar hacia Sevilla, primero en-

tre los grandes pinares de los arenales, y luego entre las arbole-
das, huertas y florestas que río arriba espesaban las márgenes
del cauce famoso que los árabes llamaron Uad el Quevir, o río
grande. Por contraste, de aquel viaje recuerdo sobre todo el silbato del cómitre marcando el ritmo de boga a la chusma, el olor
a suciedad y sudor, el resuello de los forzados acompasán-
dose con el tintineo de sus cadenas mientras los remos entraban y salían del agua con rítmica precisión, impulsando
la galera contra la corriente. El cómitre, el sotacómitre y el alguacil paseaban por la crujía atentos a sus parroquianos; y de
vez en cuando el rebenque se abatía sobre la espalda desnuda
de algún remolón para tejerle un jubón de azotes. Era penoso
contemplar a los remeros, ciento veinte hombres repartidos en
veinticuatro bancos, cinco por cada remo, cabezas rapadas y
rostros hirsutos, relucientes sus torsos de sudor mientras se in-
corporaban y volvían a dejarse caer atrás impulsando los largos maderos de los costados. Había allí esclavos moriscos, antiguos piratas turcos y renegados, pero también cristianos que
remaban como forzados, cumpliendo condenas de una Justicia
que no habían tenido oro suficiente para comprar a su gusto.

—Nunca —me dijo Alatriste en un aparte— dejes que te traigan aquí vivo.

Sus ojos claros y fríos, inexpresivos, miraban bogar a aquellos desgraciados. Ya dije que mi amo conocía bien ese mundo, pues había servido como soldado en las galeras del tercio
de Nápoles cuando La Goleta y las Querquenes, y tras luchar contra venecianos y berberiscos él mismo estuvo, en el
año trece, a punto de verse encadenado en una galera turca.

Más tarde, cuando fui soldado del rey, yo también navegué a bordo de esas naves por el Mediterráneo; y puedo asegurar que pocas cosas se inventaron sobre el mar tan semejantes al infierno. Que para señalar cuán cruel era la vida al remo, baste decir que aun los peores crímenes castigados a bogallas no purgaban más allá de diez años, pues se calculaba lo máximo que un hombre podía soportar sin dejar la salud, la razón o la existencia entre penalidades y azotes:

> *Si la camisa les quitas*
> *y lavas sus carnes bellas,*
> *verás las firmas en ellas*
> *de letra tan larga escritas.*

El caso es que de ese modo, a golpe de silbato y remo, Guadalquivir arriba, habíamos llegado a la ciudad que era la más fascinante urbe, casa de contratación y mercado del mundo, galeón de oro y de plata anclado entre la gloria y la miseria, la opulencia y el derroche, capital de la mar océana y de las riquezas que por ella entraban con las flotas anuales de Indias, ciudad poblada por nobles, comerciantes, clérigos, pícaros y mujeres hermosas, tan rica, pudiente y bella que ni Tiro ni Alejandría en sus días la igualaron. Patria común, dehesa franca, globo sin fin, madre de huérfanos y capa de pecadores, como la misma España de aquel tiempo magnífico y miserable a la vez, donde todo era necesidad, y sin embargo ninguno que supiera buscarse la vida la sufría. Donde todo era riqueza, y –también como la vida misma– a poco que uno se descuidara, la perdía.

Seguimos largo rato de parla en la hostería, sin cambiar palabra con el contador Olmedilla; pero cuando éste se levantó, Quevedo dijo de ir tras él, acompañándolo de lejos. Era bueno, apuntó, que el capitán Alatriste se familiarizara con el personaje. Salimos por la calle de Tintores, admirando la cantidad de extranjeros que frecuentaban sus posadas; tomamos luego el camino de la plaza de San Francisco y la Iglesia Mayor, y de allí por la calle del Aceite nos llegamos a la Casa de la Moneda, cercana a la Torre del Oro, donde Olmedilla tenía ciertas diligencias. Yo, como pueden suponer vuestras mercedes, iba mirándolo todo con los ojos muy abiertos: los portales recién barridos donde las mujeres echaban agua de los lebrillos y aderezaban macetas, las tiendas de jabón, de especias, de joyas, de espadas, los cajones de las fruteras, las relucientes bacías colgadas en el dintel de cada barbería, los regatones que vendían por las esquinas, las señoras acompañadas de sus dueñas, los hombres que discutían negocios, los graves canónigos montados en sus mulas, los esclavos moros y negros, las casas pintadas de almagre y cal, las iglesias con tejados de azulejos, los palacios, los naranjos, los limoneros, las cruces en las calles para recordar alguna muerte violenta o impedir que los transeúntes hicieran sus necesidades en los rincones... Y todo aquello, pese a ser invierno, relucía bajo un sol espléndido que hacía a mi amo y a don Francisco llevar la capa doblada en tercio al hombro o el herreruelo recogido, sueltas las presillas y botones del jubón. A la natural belleza de tan famosa urbe se añadía que los reyes estaban allí, y Sevilla y sus más de cien mil habitantes bullían de animación y festejos. Ese año, de modo excepcional, nuestro señor don Felipe Cuarto se disponía a celebrar con su augusta presencia la llegada de la flota de Indias, cuyo arribo suponía un caudal de oro y de plata que desde allí se distribuía –más por nuestra desgracia que por nuestra ventura– al resto de la Europa y al mundo. El imperio ultramarino creado un siglo antes por Cortés, Pizarro y otros aventureros de pocos escrúpulos y muchos hígados, sin nada que perder salvo la vida y con todo por ganar, era ahora un flujo de riquezas que permitía a España sostener las guerras que, por defender su hegemonía militar y la verdadera religión, la empeñaban contra medio orbe; dinero más necesario aún, si cabe, en una tierra como la nuestra, donde –como ya apunté alguna vez– todo cristo se daba aires, el trabajo estaba mal visto, el comercio carecía de buena fama, y el sueño del último villano era conseguir una ejecutoria de hidalgo, vivir sin pagar impuestos y no trabajar nunca; de modo que los jóvenes preferían probar fortuna en las Indias o Flandes a languidecer en campos yermos a merced de un clero ocioso, de una aristocracia ignorante y envilecida, y de unos funcionarios corruptos que chupaban la sangre y la vida: que muy cierta llega la asolación de la república el día que los vicios se vuelven costumbre; pues deja de tenerse por infame al vicioso y toda bajeza se vuelve natural. Así, gracias a los ricos yacimientos americanos, España mantuvo durante mucho tiempo un imperio basado en la abundancia de oro y plata, y en la calidad de su moneda, que servía lo mismo para pagar ejércitos –cuando se les pagaba– que para importar mercancías y manufacturas ajenas. Porque si bien podíamos enviar a las Indias harina, aceite, vinagre y vino, en todo lo demás se dependía del extranjero. Eso obligaba a buscar fuera los abastos, y para ello nuestros doblones de oro y los famosos reales de a ocho de plata, que eran muy apreciados, jugaron la carta principal. Nos sosteníamos así gracias a la ingente cantidad de monedas y barras que de Méjico y el Perú viajaba a Sevilla, desde donde se esparcía luego a todos los países de Europa e incluso a Oriente, para acabar hasta en la India y China. Pero lo cierto es que aquella riqueza terminó aprovechando a todo el mundo menos a los españoles: con una Corona siempre endeudada, se gastaba antes de llegar; de manera que apenas desembarcado, el oro salía de España para dilapidarse en las zonas de guerra, en los bancos genoveses y portugueses que eran nuestros acreedores, e incluso en manos de los enemigos, como bien contó el propio don Francisco de Quevedo en su inmortal letrilla:

> *Nace en las Indias honrado*
> *donde el mundo le acompaña;*
> *viene a morir en España,*
> *y es en Génova enterrado.*
> *Y pues quien le trae al lado*
> *es hermoso, aunque sea fiero,*
> *poderoso caballero*
> *es don Dinero.*

El cordón umbilical que mantenía el aliento de la pobre España –paradójicamente rica– era la flota de la carrera de Indias, tan amenazada en el mar por los huracanes como por los piratas. Por eso su llegada a Sevilla era una fiesta indescriptible, ya que además del oro y la plata del rey y de los particulares venían con ella la cochinilla, el añil, el palo campeche, el palo brasil, lana, algodón, cueros, azúcar, tabaco y especias, sin olvidar el ají, el jengibre y la seda china traída de Filipinas por Acapulco. De ese modo, nuestros galeones navegaban en convoy desde Nueva España y Tierra Firme, tras reunirse en Cuba hasta formar una flota gigantesca. Y ha de reconocerse, pese a las carencias y los problemas y los desastres, que durante todo el tiempo los marinos españoles hicieron con mucho pundonor su trabajo. Incluso en los peores momentos –sólo una vez los holandeses nos tomaron una flota completa–, nuestras naves siguieron cruzando el mar con mucho esfuerzo y sacrificio; y siempre pudo tenerse a raya, salvo en ciertas ocasiones desgraciadas, la amenaza de los piratas franceses, holandeses e ingleses, en aquella lucha que España libró sola contra tres poderosas naciones resueltas a repartirse sus despojos.

–Hay poca gurullada –observó Alatriste.

Era cierto. La flota estaba a punto de llegar, el rey en persona honraba Sevilla, se preparaban actos religiosos y celebraciones públicas, y sin embargo apenas se veían alguaciles ni corchetes por las calles. Los pocos que cruzamos iban todos en grupo, con más hierro encima que una fundición vizcaína, armados hasta los dientes y recelando de su sombra.

–Hubo un incidente hace cuatro días –explicó Quevedo–. La Justicia quiso prender a un soldado de las galeras que están amarradas en Triana, acudieron soldados y mozos en su socorro, y hubo cuchilladas hasta para la sota de copas... Al fin los corchetes pudieron traérselo, pero los soldados cercaron la cárcel y amenazaron pegarle fuego si no les devolvían al camarada.

–¿Y cómo terminó la cosa?

–El preso había despachado a un alguacil, así que lo ahorcaron en la reja antes de entregarlo –el poeta se reía bajito al contar aquello–... De modo que ahora los soldados quieren hacer montería de corchetes, y la Justicia sólo se atreve a salir en cuadrilla y con mucho tiento.

–¿Y qué dice el rey de todo eso?

Estábamos a la sombra del postigo del Carbón, justo debajo de la Torre de la Plata, mientras el tal Olmedilla resolvía sus asuntos en la Casa de la Moneda. Quevedo señaló las murallas del antiguo castillo árabe que se prolongaban hacia el altísimo campanario de la Iglesia Mayor. Los uniformes amarillos y rojos de la guardia española –no podíamos imaginar que muchos años después lo vestiría yo mismo– animaban sus almenas adornadas con las armas de Su Majestad. Otros centinelas con alabardas y arcabuces vigilaban la puerta principal.

–La católica, sacra y real majestad no se entera sino de lo que le cuentan –dijo Quevedo–. El gran Philipo está alojado en el Alcázar, y sólo sale de allí para ir de caza, de fiestas o para visitar de noche algún convento... Nuestro amigo Guadalmedina, por cierto, le hace de escolta. Se han vuelto íntimos.

Pronunciada de aquel modo, la palabra *convento* me traía funestos recuerdos; y no pude evitar un escalofrío acordándome de la pobre Elvira de la Cruz y de lo cerca que yo mismo había estado de tostarme en una hoguera. Ahora don Francisco observaba a una señora de buen ver, seguida por su dueña y una esclava morisca cargada con cestas y paquetes, que descubría los chapines al recogerse el ruedo de la falda para eludir un enorme rastro de boñigas de caballerías que alfombraba la calle. Cuando la dama pasó por nuestro lado, camino de un coche con dos mulas que aguardaba algo más lejos, el poeta se ajustó los espejuelos y después quitóse el sombrero, muy cortés. «Lisi», murmuró con sonrisa melancólica. La dama correspondió con una leve inclinación de cabeza antes de cubrirse un poco más con el manto. Detrás, la dueña, añeja y enlutada con sus tocas de cuervo y el rosario largo de quince dieces, lo fulminó con la mirada, y Quevedo le sacó la lengua. Viéndolas irse, sonrió con tristeza y volvióse a nosotros sin decir nada. Vestía el poeta con la sobriedad de siempre: zapatos con hebilla de plata y medias de seda negra, traje gris muy oscuro y sombrero de lo mismo con pluma blanca, la cruz de Santiago bordada en rojo bajo el herreruelo recogido en un hombro.

–Los conventos son su especialidad –añadió tras aquella breve pausa, soñador, los ojos aún fijos en la dama y su cortejo.

–¿De Guadalmedina o del rey?

Ahora era Alatriste quien sonreía bajo su mostacho solda-
desco. Quevedo tardó en responder, y antes suspiró hondo.

–De los dos.

Me puse al lado del poeta, sin mirarlo.

–¿Y la reina?

Lo pregunté en tono casual, respetuoso e irreprochable.
La curiosidad de un chico. Don Francisco se volvió a obser-
varme con mucha penetración.

–Tan bella como siempre –repuso–. Ya habla un poco mejor la lengua de España –miró a Alatriste, y volvió a mirarme
a mí; sus ojos chispeaban divertidos tras los cristales de los lentes–. Practica con sus damas, y sus azafatas... Y sus meninas.

El corazón me latió tan fuerte que temí no poder ocultarlo.

–¿Todas la acompañan en el viaje?

–Todas.

La calle me daba vueltas. *Ella* estaba en esa ciudad fascinante. Miré alrededor, hacia el descampado Arenal que se extendía entre la ciudad y el Guadalquivir, y era uno de los lugares más pintorescos de la ciudad, con Triana al otro lado,
las velas de las carabelas de la sardina y los camaroneros, y
toda clase de barquitos yendo y viniendo entre las orillas, las
galeras del rey atracadas en la banda trianera, cubriéndola
hasta el puente de barcas, el Altozano y el siniestro castillo de
la Inquisición que allí se alzaba, y la gran copia de grandes
naos en el lado de acá: un bosque de mástiles, vergas, antenas,
velas y banderas, con el gentío, los puestos de comerciantes,
los fardos de mercancías, el martilleo de los carpinteros de ri-

bera, el humo de los calafates y las poleas de la machina naval con la que se despalmaban naves en la boca del Tagarete:

> *Hierro trae el vizcaíno,*
> *el cuartón, el tiro, el pino,*
> *el indiano, el ámbar gris,*
> *la perla, el oro, la plata,*
> *palo de Campeche, cueros.*
> *Toda esta arena es dineros.*

El recuerdo de la comedia *El arenal de Sevilla*, que había visto en el corral del Príncipe cuando apenas era un niño, con Alatriste, el día famoso en que Buckingham y el príncipe de Gales se batieron a su lado, permanecía grabado en mi memoria. Y de pronto, aquel lugar, aquella ciudad que ya era de natural espléndida, se tornaba mágica, maravillosa. Angélica de Alquézar estaba allí, y tal vez podría verla. Miré de soslayo a mi amo, temeroso de que la turbulencia que me estallaba dentro quedase a la vista. Por suerte, otras inquietudes ocupaban los pensamientos de Diego Alatriste. Observaba al contador Olmedilla, que había concluido su negocio y caminaba hacia nosotros con la misma cordialidad que si le lleváramos la extremaunción: serio, enlutado hasta la gola, sombrero negro de ala corta y sin plumas, y aquella curiosa barbita rala que acentuaba su aspecto ratonil y gris; su aire antipático, de humores ácidos y mala digestión.

—¿Para qué nos necesita semejante estafermo? —murmuró el capitán, mirándolo acercarse.

Quevedo encogió los hombros.

–Está aquí con una misión... El propio conde duque mueve los hilos. Y su trabajo incomodará a más de uno.

Saludó Olmedilla con una seca inclinación de cabeza y echamos a andar tras él hacia la puerta de Triana. Alatriste le hablaba a Quevedo a media voz:

–¿Cuál es su trabajo?

El poeta respondió en el mismo tono.

–Pues eso: contador. Experto en llevar cuentas... Un sujeto que sabe mucho de números, y de aranceles aduaneros, y cosas de ésas. Da sopas con honda a Juan de Leganés.

–¿Alguien ha robado más de lo normal?

–Siempre hay alguien que roba más de lo normal.

El ala ancha le arrojaba a Alatriste un antifaz de sombra en la cara; eso acentuaba la claridad de sus ojos, con la luz y el paisaje del Arenal reflejados en ellos.

–¿Y qué pintamos nosotros en estos naipes?

–Yo sólo hago de intermediario. Estoy bien en la Corte, el rey me pide agudezas, la reina me sonríe... Al privado le hago algún pequeño favor, y él corresponde.

–Celebro que la Fortuna os halague por fin.

–No lo digáis muy alto. Tantas tretas me ha jugado, que la miro con desconfianza.

Alatriste observaba al poeta, divertido.

–De cualquier modo, muy cortesano os veo, don Francisco.

–No me jodáis, señor capitán –Quevedo se rascaba la golilla, incómodo–. En raras ocasiones las musas son compatibles con comer caliente. Ahora estoy en buena racha, soy popular, mis versos se leen en todas partes... Hasta me atribuyen, como siempre, los que no son míos; incluidos algunos engendros de ese Góngora bujarra, babilón y sodomita, cuyos abuelos no se hartaron de aborrecer tocino y clavetear zapatos en Córdoba, donde tienen ejecutoria en el techo de la Iglesia Mayor. Y cuyos últimos poemas publicados acabo de saludar, por cierto, con unas finas décimas que concluyen así:

> *Dejad las ventosidades:*
> *mirad que sois en tal caso*
> *albañal por do el Parnaso*
> *purga sus bascosidades.*

... Pero volviendo a asuntos más serios, os decía que al conde duque le place tenerme de su parte. Me adula y me utiliza... En cuanto a vuestra merced, capitán, se trata de un capricho personal del privado: por algún motivo os recuerda. Tratándose de Olivares, eso puede ser bueno o puede ser malo. Quizá sea bueno. Además, en cierta ocasión le ofrecisteis vuestra espada si ayudaba a salvar a Íñigo.

Alatriste me dirigió una rápida mirada, y luego asintió despacio, reflexionando.

–Tiene una maldita buena memoria, el privado –dijo.

–Sí. Para lo que le interesa.

Estudió mi amo al contador Olmedilla, que caminaba unos pasos adelante, las manos cruzadas a la espalda y el aire antipático, entre el bullicio de la marina.

–No parece muy hablador –comentó.

–No –Quevedo reía, guasón–. En eso vuestra merced y él se llevarán bien.

–¿Es alguien de fuste?

–Ya lo he dicho: sólo un funcionario. Pero se encargó de todo el papeleo en el proceso por malversación contra don Rodrigo Calderón... ¿Os convence el dato?

Dejó correr un silencio para que el capitán captase las implicaciones del asunto. Alatriste silbó entre dientes. La ejecución pública del poderoso Calderón había conmocionado años atrás a toda España.

–¿Y a quién sigue el rastro ahora?

El poeta negó dos veces y dio unos pasos en silencio.

–Alguien os lo contará esta noche –concedió al fin–. En cuanto a la misión de Olmedilla, y de rebote la vuestra, digamos que el encargo es del privado, y el impulso soberano.

Alatriste movió la cabeza, incrédulo.

–Os chanceáis, don Francisco.

–A fe mía que no. Que me lleve el diablo, en tal caso... O que el talento me lo sorba del seso el corcovilla Ruiz de Alarcón.

–Pardiez.

–Eso dije yo cuando me pidieron oficiar de tercero: pardiez. Lo positivo es que si sale bien tendréis unos escudos por gastar.

–¿Y si sale mal?

–Pues me temo que añoraréis las trincheras de Breda –Quevedo suspiró, volviéndose en torno como quien busca cambiar de conversación–... Lamento no poder contaros más, por ahora.

–No necesito mucho más –a mi amo le bailaban la ironía
y la resignación en la mirada glauca–. Sólo quiero saber de
dónde vendrán las estocadas.

Quevedo encogió los hombros.

–De cualquier sitio, como suelen –seguía ojeando alrededor, indiferente–. Ya no estáis en Flandes... Esto es España,
capitán Alatriste.

Quedaron en verse por la noche, en la hostería de Becerra.
El contador Olmedilla, siempre más triste que una carnicería en Cuaresma, se retiró a descansar a la posada donde se
alojaba, en la calle de Tintores, que también disponía de un
cuarto para nosotros. Mi amo pasó la tarde ocupándose de
sus asuntos, certificando su licencia militar y en procura de ropa blanca y bastimentos –también unas botas nuevas– con el
dinero que don Francisco había adelantado a crédito del trabajo. En cuanto a mí, estuve libre por un buen rato; y mis
pasos me llevaron a dar un bureo por el corazón de la ciudad,
disfrutando del ambiente de sus calles y adarves, todo angos-
to y lleno de arquillos, piedras blasonadas, cruces, retablos
con cristos, vírgenes y santos, entorpecido por los carruajes
y las caballerías, a la vez sucio y opulento, ahíto de vida, con
corrillos de gente a la puerta de las tabernas y los corrales de
vecindad, y mujeres –a las que miraba con interés desde mis
experiencias flamencas– trigueñas, aseadas y desenvueltas, cuyo peculiar acento daba a su conversación un metal dul-

císimo. Admiré así palacios con patios magníficos tras sus cancelas, con cadenas en la puerta para mostrar que eran inmunes a la justicia ordinaria, y barrunté que mientras en Castilla los nobles llevaban su estoicismo hasta la ruina misma con tal de no trabajar, la aristocracia sevillana se daba más manga ancha, acercando en muchas ocasiones las palabras hidalgo y mercader; de manera que el aristócrata no desdeñaba los negocios si daban dinero, y el mercader estaba dispuesto a gastar un Potosí con tal de ser tenido por hidalgo –hasta los sastres exigían limpieza de sangre para entrar en su gremio–. Eso daba lugar, por una parte, al espectáculo de nobles envilecidos que usaban sus influencias y privilegios para medrar bajo mano; y de la otra, que el trabajo y la mercadería tan útiles a las naciones siguieran mal vistos, y quedaran en manos de extranjeros. Así, la mayor parte de los nobles sevillanos eran plebeyos ricos que compraban su acceso al estamento superior con dinero y matrimonios ventajosos, avergonzándose de sus dignos oficios. Se pasaba pues de una generación de mercaderes a otra de mayorazgos parásitos y ahidalgados que renegaba del origen de su fortuna, y la dilapidaba sin escrúpulos. Con lo que se cumplía aquello de que, en España, abuelo mercader, padre caballero, hijo garitero y nieto pordiosero.

Visité también la Alcaicería de la seda, cuyo recinto cerrado estaba lleno de tiendas con ricas mercaderías y joyas. Yo vestía calzas negras con polainas de soldado, cinto de cuero con la daga atravesada en los riñones, una almilla de corte militar sobre la camisa remendada, y me tocaba con una gorra de terciopelo flamenco muy elegante, botín de guerra de los

que ya empezaban a ser viejos tiempos. Eso y mi juventud
me pintaban buena estampa, creo; y me holgué dándome aires de veterano entendido ante las tiendas de espaderos de la
calle de la Mar y la de Vizcaínos, o en la rúa de valentones,
daifas y gente de la carda que se formaba en la calle de las
Sierpes, ante la cárcel famosa entre cuyas negras paredes estuvo preso Mateo Alemán, y donde hasta el buen don Miguel
de Cervantes había dado con sus infelices huesos. También
anduve pavoneándome junto a esa cátedra de picardía que
eran las legendarias gradas de la Iglesia Mayor, hormiguean-
tes de vendedores, ociosos y mendigos con su tablilla al cuello que mostraban llagas y deformidades más falsas que el beso
de Judas, o mancos del potro que se lo decían de Flandes:
amputaciones reales o fingidas lo mismo a cuenta de Amberes
que de la Mamora, como podían haberlo sido de Roncesvalles o Numancia; pues bastaba mirarles la cara a ciertos sedi-
centes mutilados por la verdadera religión, el rey y la patria,
para comprender que la única vez que habían visto a un here-
je o un turco era de lejos y en un corral de comedias.

Terminé ante los Reales Alcázares, mirando el estandarte de
los Austrias ondear sobre las almenas, y los imponentes soldados de la guardia con sus alabardas ante la puerta principal.
Anduve por allí un rato, entre los grupos de sevillanos que
esperaban por si sus majestades se dejaban ver al entrar o salir.
Y ocurrió que, con motivo de haberse acercado demasiado
la gente, y yo con ella, al camino de acceso, un sargento de la
guardia española vino a decir con malos modos que desalojá-
ramos el sitio. Obedecieron los curiosos con presteza; pero el

hijo de mi padre, picado por los modales del militar, remoloneó con poca diligencia y un aire altanero que puso mostaza en las narices del otro. Me empujó sin cortesía; y yo, a quien mi edad y el reciente pasado flamenco hacían poco sufrido en esa materia, lo tuve a gran bellaquería y revolvíme como galgo joven, la mano en el mango de la daga. El sargento, un tipo corpulento y mostachudo, soltó una risotada.

–Vaya. Matamoros tenemos –dijo, recorriéndome de arriba abajo–. Demasiado pronto galleas, galán.

Le sostuve los ojos por derecho, sin vergüenza de hacer desvergüenza, con el desprecio del veterano que, pese a mi mocedad, realmente era. Aquel gordinflón había estado los dos últimos años comiendo caliente, paseándose por los palacios reales y los alcázares con su vistoso uniforme de escaques amarillos y rojos, mientras yo peleaba junto al capitán Alatriste y veía morir a los camaradas en Oudkerk, en el molino Ruyter, en Terheyden y en las caponeras de Breda, o me buscaba la vida forrajeando en campo enemigo con la caballería holandesa pegada al cogote. Qué injusto es, pensé de pronto, que los seres humanos no puedan llevar la hoja de servicios de su vida escrita en la cara. Luego me acordé del capitán Alatriste y me dije, a modo de consuelo, que algunos sí la llevan. Tal vez un día, reflexioné, también la gente sepa lo que yo hice, o lo intuya, con sólo mirarme; y a los sargentos gordos o flacos que nunca tuvieron su alma en el filo de un acero, se les muera el sarcasmo en la garganta.

–La que gallea es mi daga, animal –dije, firme.

Parpadeó el otro, que no esperaba tal. Vi que me examinaba de nuevo. Esta vez advirtió el ademán de mi mano, echada hacia atrás para apoyarse en el mango damasquinado que me sobresalía del cinto. Luego se detuvo en mis ojos con expresión estúpida, incapaz de leer lo que había en ellos.

–Voto a Cristo que voy a...

Echaba mantas el sargento, y no de lana. Alzó una mano para abofetearme, que es la más insufrible de las ofensas –en tiempo de nuestros abuelos sólo podía abofetearse a un hombre sin yelmo ni cota de malla, lo que significaba que no era caballero–, y me dije: ya está. Quien todo lo quiere vengar, presto se puede acabar; y yo acabo de meterme en un lío sin salida, porque me llamo Íñigo Balboa Aguirre y soy de Oñate, y además vengo de Flandes, y mi amo es el capitán Alatriste, y no puedo tener por cara ninguna feria donde se compre la honra con la vida. Me guste o no me guste, me tienen tomadas las veredas; así que cuando baje esa mano no tendré otra que darle a cambio a este gordinflón una puñalada en el vientre, toma y daca, y después correr como un gamo a ponerme en cobro, confiando en que nadie me alcance. Lo que dicho en corto –como habría apuntado don Francisco de Quevedo– era que, para variar, no quedaba sino batirse. Así que contuve el aliento y me dispuse a ello con la resignación fatalista de veterano que debía a mi pasado reciente. Pero Dios debe de ocupar sus ratos libres en proteger a los mozos arrogantes, porque en ese momento sonó una corneta, se abrieron las puertas y hasta nosotros llegó el sonido de ruedas y cascos sobre la gravilla. El sargento, atento a su negocio, olvidóme en el acto y corrió a formar a sus hombres; y yo me quedé allí, aliviado, pensando que acababa de escapar a una buena.

Salían carruajes de los Alcázares, y por los emblemas de los coches y la escolta a caballo comprendí que era nuestra señora la reina, con sus damas y azafatas. Entonces mi corazón, que durante el lance con el sargento había permanecido acompasado y firme, se desbocó cual si acabaran de soltarle rienda. Todo me dio vueltas. Pasaban los carruajes entre saludos y vítores de la gente que corría para agolparse a su paso, y una mano real, blanca, bella y enjoyada, se agitaba con elegancia en una de las ventanillas, correspondiendo gentil al homenaje. Pero yo estaba pendiente de otra cosa, y busqué afanoso, en el interior de los otros carruajes que pasaban, el objeto de mi desazón. Mientras lo hacía me quité la gorra y erguí el cuerpo, descubierto y muy quieto ante la visión fugaz de cabezas femeninas peinadas con moños y tirabuzones, abanicos cubriendo rostros, manos movidas en saludos, encajes, rasos y puntillas. Fue en el último coche donde vislumbré un cabello rubio sobre unos ojos azules que me observaron al pasar, reconociéndome con intensidad y sorpresa, antes de que la visión se alejara y yo permaneciese mirando, sobrecogido, la espalda del postillón encaramado en la trasera del carruaje y la polvareda que cubría las grupas de los caballos de la escolta.

Entonces oí el silbido a mi espalda. Un silbido que habría sido capaz de reconocer hasta en el infierno. Sonaba exactamente *tirurí-ta-ta*. Y al volver el rostro me encontré con un fantasma.

–Has crecido, rapaz.

Gualterio Malatesta me miraba a los ojos, y tuve la certeza de que él sí sabía leer en ellos. Vestía de negro, como siempre, con el sombrero del mismo color y ala muy ancha, y la amenazadora espada con largos gavilanes colgada de su tahalí de cuero. No llevaba capa ni herreruelo. Seguía siendo alto y flaco, con aquella cara devastada por la viruela y por las cicatrices que le daba un aspecto cadavérico y atormentado, que la sonrisa que en ese momento me dirigía, en vez de atenuar, acentuaba.

–Has crecido –repitió, reflexivo.

Pareció a punto de añadir «desde la última vez», pero no lo hizo. La última vez había sido en el camino de Toledo, el día que me condujo en un coche cerrado hasta los calabozos de la Inquisición. Por diferentes motivos, el recuerdo de aquella aventura era tan ingrato para él como para mí.

–¿Cómo anda el capitán Alatriste?

No respondí, limitándome a sostener su mirada, oscura y fija como la de una serpiente. Al pronunciar el nombre de mi amo, la sonrisa se había hecho más peligrosa bajo el fino bigote recortado del italiano.

–Veo que sigues siendo mozo de pocas palabras.

Apoyaba la mano izquierda, enguantada de negro, en la cazoleta de su espada, y se volvía a un lado y a otro, el aire distraído. Lo oí suspirar levemente. Casi con fastidio.

–Así que también Sevilla –dijo, y luego se quedó callado sin que llegase a penetrar a qué se refería. A poco le dirigió una ojeada al sargento de la guardia española, que andaba lejos, ocupado con sus hombres junto a la puerta, e hizo un gesto con el mentón, señalándolo.

–Asistí a tu incidente con ése. Yo estaba detrás, entre la gente –me estudiaba reflexivo, como si calculara los cambios que se habían operado en mí desde la última vez–... Veo que sigues siendo puntilloso en asuntos de honra.

–He estado en Flandes –no pude menos que decir–. Con el capitán.

Movió la cabeza. Ahora había unas pocas canas, observé, en su bigote y en las patillas que asomaban bajo las alas negras del sombrero. También arrugas nuevas, o cicatrices, en su cara. Los años pasan para todos, pensé. Incluso para los espadachines malvados.

–Sé dónde estuviste –dijo–. Pero Flandes mediante o no, sería bueno que recordaras algo: la honra siempre resulta complicada de adquirir, difícil de conservar y peligrosa de llevar... Pregúntaselo, si no, a tu amigo Alatriste.

Lo encaré con cuanta dureza pude mostrar.

–Vaya y pregúnteselo vuestra merced, si tiene hígados.

A Malatesta le resbaló el sarcasmo sobre la expresión imperturbable.

–Yo conozco ya la respuesta –dijo, ecuánime–. Son otros negocios menos retóricos los que tengo pendientes con él.

Seguía mirando pensativo en dirección a los guardias de la puerta. Al cabo rió muy entre dientes, como de una broma que no estuviese dispuesto a compartir con nadie.

–Hay menguados –dijo de pronto– que no aprenden nada; como ese imbécil que levantaba su mano sin cuidarse de
las tuyas –los ojos de serpiente, negros y duros, volvieron a
clavarse en mí– ... Yo nunca te habría dado ocasión de sacar
esa daga, rapaz.

Me volví a observar al sargento de la guardia. Se pavoneaba
entre sus soldados mientras volvían a cerrarse las puertas de
los Reales Alcázares. Y era cierto: aquel tipo ignoraba lo cerca que había estado de que le metieran un palmo de hierro
en las entrañas. Y de que a mí me ahorcaran por su culpa.

–Recuérdalo la próxima vez –dijo el italiano.

Cuando me giré de nuevo, Gualterio Malatesta ya no
estaba allí. Había desaparecido entre la gente
y sólo pude ver una sombra negra
alejándose entre los naranjos,
bajo el campanario
de la catedral.

III. ALGUACILES Y CORCHETES

 quella velada había de resultar agitada y toledana; pero antes de llegar a ello tuvimos cena e interesante plática. También hubo la imprevista aparición de un amigo: don Francisco de Quevedo no le había dicho al capitán Alatriste que la persona con la que iba a entrevistarse por la noche era su amigo Álvaro de la Marca, conde de Guadalmedina. Para sorpresa de Alatriste, y también mía, el conde apareció en la hostería de Becerra apenas se puso el sol, tan desenvuelto y cordial como siempre, abrazando al capitán, dedicándome una cariñosa cachetada, y reclamando a voces vino de calidad, una cena en condiciones y un cuarto cómodo para charlar con sus amigos.

—Vive Dios que tenéis que contarme lo de Breda.

Vestía muy a premática del rey nuestro señor, salvo el coleto de ante. El resto era ropa de precio aunque discreta, sin bordados ni cosa de oro, botas militares, guantes de ámbar, sombrero y capa larga; y bajo el cinto, amén de espada y daga, cargaba un par de pistoletes. Conociendo a don Álvaro, era obvio que su noche iba a prolongarse más allá de nuestra entrevista, y que hacia la madrugada algún marido o abadesa tendrían motivos para dormir con un ojo abierto. Recordé lo que había comentado Quevedo sobre su papel de acompañante en las correrías del rey.

–Te veo muy bien, Alatriste.

–Tampoco a vuestra merced se le ve mal.

–Psché. Me cuido. Pero no te engañes, amigo mío. En la Corte, no trabajar da muchísimo trabajo.

Seguía siendo el mismo: apuesto, galán, con modales exquisitos que no estaban reñidos con aquella amable espontaneidad, algo ruda y casi a lo soldado, que siempre mantuvo con mi amo desde que éste salvó su vida cuando el desastre de las Querquenes. Brindó por Breda, por Alatriste y hasta por mí, discutió con don Francisco sobre los consonantes de un soneto, despachó con excelente apetito el cordero a la miel servido en vajilla de buena loza trianera, pidió una pipa de barro, tabaco, y entre volutas de humo se recostó en su silla, desabrochado el coleto y el aire satifecho.

–Hablemos de asuntos serios –dijo.

Luego, entre chupadas a la pipa y tientos al vino de Aracena, me observó un instante para establecer si yo debía escuchar lo que estaba a punto de decir, y por fin nos puso sin

más rodeos al corriente. Empezó explicando que el sistema
de flotas para traer el oro y la plata, el monopolio comercial de Sevilla y el control estricto de quienes viajaban a las
Indias, tenían por objeto impedir la injerencia extranjera y
el contrabando, y mantener engrasada la descomunal máquina de impuestos, aranceles y tasas de la que se nutría la
monarquía y cuantos parásitos albergaba. Ésa era la razón
del almojarifazgo: el cordón aduanero en torno a Sevilla,
Cádiz y su bahía, puerta exclusiva de las Indias. De ahí sacaban las arcas reales linda copia de rentas; con la particulari-
dad de que, en una administración corrupta como la española, ajustaba más que los gestores y responsables pagasen
a la Corona una cantidad fija por sus cargos, y de puertas
adentro se las apañaran para su capa, robando a mansalva.
Sin que eso fuese obstáculo, en tiempos de vacas flacas, para
que el rey ordenase a veces un escarmiento, o la incautación
de tesoros de particulares que venían con las flotas.

   –El problema –apuntó entre dos chupadas a la pipa– es
que todos esos impuestos, destinados a costear la defensa del
comercio con las Indias, devoran lo que dicen defender. Hace
falta mucho oro y plata para sostener la guerra en Flandes, la
corrupción y la apatía nacionales. Así que los comerciantes
deben elegir entre dos males: verse desangrados por la hacienda real, o la ilegalidad del contrabando... Todo eso alum-
bra una abundante picaresca –miró a Quevedo, sonriente,
poniéndolo por testigo–... ¿No es cierto, don Francisco?

   –Aquí –asintió el poeta– hasta el más menguado hace encaje de bolillos.

–O se mete oro en la bolsa.

–Cierto –Quevedo bebió un largo trago, secándose la boca con el dorso de la mano–. A fin de cuentas, poderoso caballero es don Dinero.

Guadalmedina lo miró, admirado.

–Buena definición, pardiez. Debería vuestra merced escribir algo sobre eso.

–Ya lo hice.

–Vaya. Me alegro.

–«*Nace en las Indias honrado...*» –recitó don Francisco, la jarra de nuevo en los labios y ahuecándole la voz.

–Ah, era eso –el conde le guiñó un ojo a Alatriste–. Lo creía de Góngora.

Al poeta se le atragantó el vino a medio sorbo.

–Voto a Dios y a Cristo vivo.

–Bueno, amigo mío...

–Ni bueno ni malo, por Belcebú. Esa afrenta de vuestra merced no se diera ni entre luteranos... ¿Qué tengo que ver yo con esos cagarripios de oh, qué lindico, que después de haber sido judíos y moros se meten a pastores?

–Sólo era una chanza.

–Por tales chanzas suelo batirme, señor conde.

–Pues conmigo, ni soñarlo –el aristócrata sonreía, conciliador y bonachón, acariciándose el bigote rizado y la perilla–. Aún recuerdo la lección de esgrima que vuestra merced le dio a Pacheco de Narváez –alzó con gracia la diestra, destocándose con mucha política un sombrero imaginario–... Os presento mis excusas, don Francisco.

–Hum.

–¿Cómo que *hum*?... Soy grande de España, cuerpo de tal. Tened la bondad de apreciarme el gesto.

–Hum.

Sosegados pese a todo los ánimos del poeta, Guadalmedina siguió aportando detalles que el capitán Alatriste escuchaba atento, su jarra de vino en la mano, medio iluminado el perfil rojizo por la llama de las velas que ardían sobre la mesa. La guerra es limpia, había dicho una vez, tiempo atrás. Y en ese momento yo comprendí bien a qué se refería. En cuanto a los extranjeros, estaba diciendo Guadalmedina, para esquivar el monopolio utilizaban a intermediarios locales como terceros –se les llamaba *metedores*, con lo que todo estaba dicho–, desviando así las mercancías, el oro y la plata que nunca habrían podido conseguir directamente. Pero además, que los galeones salieran de Sevilla y volvieran a ella era una ficción legal: casi siempre se quedaban en Cádiz, El Puerto de Santa María o la barra de Sanlúcar, donde transbordaban. Todo eso animaba a muchos comerciantes a instalarse en esa zona, donde era más fácil eludir la vigilancia.

–Han llegado a construir barcos con un tonelaje oficial declarado, y otro que es el auténtico. Todo el mundo sabe que se confiesan cinco y se transportan diez; pero el soborno y la corrupción mantienen las bocas cerradas y las voluntades abiertas. Demasiados han hecho así fortuna –estudió la cazoleta de la pipa, como si algo allí atrajera su atención–... Eso incluye a altos funcionarios reales.

Álvaro de la Marca prosiguió su relato. Aletargada por los beneficios del comercio ultramarino, Sevilla, como el resto de España, era incapaz de sostener industria propia. Muchos naturales de otros países habían logrado establecerse, y con su tenacidad y su trabajo eran ahora imprescindibles. Eso les daba una situación de privilegio como intermediarios entre España y toda la Europa contra la que nos hallábamos en guerra. La paradoja era que mientras se combatía a Inglaterra, a Francia, a Dinamarca, al Turco y a las provincias rebeldes, se les compraba al mismo tiempo, mediante terceros, mercaderías, jarcia, alquitrán, velas y otros géneros necesarios tanto en la Península como al otro lado del Atlántico. El oro de las Indias escapaba así para financiar ejércitos y naves que nos combatían. Era un secreto a voces, pero nadie cortaba aquel tráfico porque todos se beneficiaban. Incluso el rey.

—El resultado salta a la vista: España se va al diablo. Todos roban, trampean, mienten y ninguno paga lo que debe.

—Y además se jactan de ello –apuntó Quevedo.

—Además.

En ese panorama, prosiguió Guadalmedina, el contrabando de oro y de plata era decisivo. Los tesoros importados por particulares solían declararse en la mitad de su valor, merced a la complicidad de los aduaneros y empleados de la Casa de Contratación. Con cada flota llegaba una fortuna que se perdía en bolsillos privados o terminaba en Londres, Amsterdam, París o Génova. Ese contrabando lo practicaban con entusiasmo extranjeros y españoles, comerciantes, funcionarios, generales de flotas, almirantes, pasajeros, marineros, militares y eclesiásticos. Era ilustrativo el escándalo del obispo Pérez de Espinosa, quien al fallecer un par de años antes en Sevilla había dejado quinientos mil reales y sesenta y dos lingotes de oro, que fueron embargados por la Corona al averiguarse que procedían de las Indias sin pasar aduana.

–Aparte de mercancías diversas –añadió el aristócrata–, se calcula que la flota que está a punto de llegar trae veinte millones de reales en plata de Zacatecas y Potosí, entre el tesoro del rey y de los particulares... Y también ochenta quintales de oro en barras.

–Es sólo la cantidad oficial –precisó Quevedo.

–Así es. De la plata se calcula que una cuarta parte más viene de contrabando. En cuanto al oro, casi todo pertenece al tesoro real... Pero uno de los galeones trae una carga clandestina de lingotes. Una carga que nadie ha declarado.

Se detuvo Álvaro de la Marca y bebió un largo trago para dejar espacio a que el capitán Alatriste asumiera bien la idea. Quevedo había sacado una cajita de tabaco en polvo, del que aspiró una pizca por la nariz. Luego de estornudar discretamente, se limpió con un pañizuelo arrugado que extrajo de una manga.

–El barco se llama *Virgen de Regla* –continuó al fin Guadalmedina–. Es un galeón de dieciséis cañones, propiedad del duque de Medina Sidonia y fletado por un comerciante genovés de Sevilla que se llama Jerónimo Garaffa... A la ida transporta mercancías diversas, azogue de Almadén para las minas de plata y bulas papales; y a la vuelta, todo cuanto pueden meterle dentro. Y puede meterse mucho, entre otras cosas porque está averiguado que su desplazamiento oficial es de novecientos toneles de a veintisiete arrobas, cuando en realidad los trucos de su construcción le dan una capacidad de mil cuatrocientos...

El *Virgen de Regla*, prosiguió, venía con la flota, y su carga declarada incluía ámbar líquido, cochinilla, lana y cueros con destino a los comerciantes de Cádiz y Sevilla. También cinco millones de reales de plata acuñados –dos tercios eran propiedad de particulares–, y mil quinientos lingotes de oro destinados al tesoro real.

–Buen botín para piratas –apuntó Quevedo.

–Sobre todo si consideramos que en la flota de este año vienen otras cuatro naves con cargas parecidas –Guadalmedina miró al capitán entre el humo de su pipa–... ¿Comprendes por qué los ingleses estaban interesados en Cádiz?

–¿Y cómo lo saben los ingleses?

–Diablos, Alatriste. ¿No lo sabemos nosotros?... Si con dinero puede comprarse hasta la salvación del alma, imagínate el resto. Te veo algo ingenuo esta noche. ¿Dónde has estado los últimos años?... ¿En Flandes, o en el limbo?

Alatriste se sirvió más vino y no dijo nada. Sus ojos se posaron en Quevedo, que amagó una sonrisa y encogió los hombros. Es lo que hay, decía el gesto. Y nunca hubo otra cosa.

–En cualquier caso –estaba diciendo Guadalmedina–, importa poco lo que el galeón traiga declarado. Sabemos que carga más plata de contrabando, por un valor aproximado de un millón de reales; aunque en este caso también la plata es lo de menos. Lo importante es que el *Virgen de Regla* trae en sus bodegas otras dos mil barras de oro sin declarar –apuntó al capitán con el caño de la pipa–... ¿Sabes lo que esa carga clandestina vale, tirando muy por lo bajo?

–No tengo la menor idea.

–Pues vale doscientos mil escudos de oro.

El capitán se miró las manos inmóviles sobre la mesa. Calculaba en silencio.

–Cien millones de maravedís –murmuró.

–Exacto –Guadalmedina se reía–. Todos sabemos lo que vale un escudo.

Alatriste alzó la cabeza para observar con fijeza al aristócrata.

–Vuestra merced se equivoca –dijo–... No todos lo saben como lo sé yo.

Guadalmedina abrió la boca, sin duda para una nueva chanza, pero la expresión helada de mi amo pareció disuadirlo en el acto. Conocíamos que el capitán Alatriste había matado hombres por la diez milésima parte de tal cantidad. Sin duda en ese momento imaginaba, igual que yo mismo, cuántos ejércitos podían comprarse con semejante suma. Cuántos arcabuces, cuántas vidas y cuántos muertos. Cuántas voluntades y cuántas conciencias.

Se oyó un carraspeo de Quevedo, y luego el poeta recitó, grave y lento, en voz baja:

Toda esta vida es hurtar,
no es el ser ladrón afrenta,
que como este mundo es venta,
en él es propio el robar.
Nadie verás castigar
porque hurta plata o cobre:
que al que azotan es por pobre.

Después de eso hubo un silencio incómodo. Álvaro de la Marca miraba su pipa. Al fin la puso sobre la mesa.

—Para cargar esos cuarenta quintales de oro suplementario —prosiguió al fin—, más la plata no declarada, el capitán del *Virgen de Regla* ha hecho retirar ocho de los cañones del galeón. Aun así navega muy pesado, según cuentan.

—¿A quién pertenece el oro? —preguntó Alatriste.

—Ese punto es vidrioso. De una parte está el duque de Medina Sidonia, que organiza la operación, pone el barco y se lleva los mayores beneficios. También hay un banquero de Lisboa y otro de Amberes, y algunos personajes de la Corte... Uno de ellos parece ser el secretario real, Luis de Alquézar.

El capitán me estudió un instante. Yo le había contado, por supuesto, el encuentro con Gualterio Malatesta ante los Reales Alcázares, aunque sin mencionar el carruaje y los ojos azules que había creído ver en el séquito de la reina. Guadalmedina y Quevedo, que a su vez lo observaban atentos, se miraron entre sí.

—La maniobra —continuó Álvaro de la Marca— consiste en que, antes de descargar oficialmente en Cádiz o Sevilla, el

Virgen de Regla fondee en la barra de Sanlúcar. Han comprado al general y al almirante de la flota para que las naves, so pretexto del tiempo, de los ingleses o lo que sea, echen allí el ancla durante al menos una noche. Entonces se hará el transbordo del oro de contrabando a otro galeón que espera en ese paraje: el *Niklaasbergen*. Una urca flamenca de Ostende, con capitán, tripulación y armador irreprochablemente católicos... Libres para ir y venir entre España y Flandes, bajo el amparo de las banderas del rey nuestro señor.

–¿Dónde llevarán el oro?

–Según parece, la parte de Medina Sidonia y los otros se queda en Lisboa, donde el banquero portugués la pondrá a buen recaudo... El resto va directamente a las provincias rebeldes.

–Eso es traición –dijo Alatriste.

Su voz era tranquila, y la mano que llevó la jarra a sus labios, mojando el mostacho en vino, no se alteró lo más mínimo. Pero yo veía ensombrecerse sus ojos claros de un modo extraño.

–Traición –repitió.

El tono de esa palabra avivó imágenes recientes en mi memoria. Las filas de infantería española impávidas en la llanura del molino Ruyter, con el tambor que redoblaba a nuestra espalda llevando a los que iban a morir la nostalgia de España. El buen gallego Rivas y el alférez Chacón, muertos por salvar la bandera ajedrezada de azul y blanco en la ladera del reducto de Terheyden. El grito de cien gargantas saliendo al amanecer de los canales, al asalto de Oudkerk.

Los hombres que lloraban tierra después de pelear al arma blanca en las caponeras... De pronto yo también sentí deseos de beber, y vacié mi jarra de un golpe.

Quevedo y Guadalmedina cambiaban otra mirada.

–Eso es España, capitán Alatriste –dijo don Francisco–. Se nota que vuestra merced ha perdido en Flandes la costumbre.

–Sobre todo –apostilló Guadalmedina–, lo que son es negocios. Y no se trata de la primera vez. La diferencia es que ahora el rey, y en especial Olivares, desconfían de Medina Sidonia... El recibimiento que les dispensó hace dos años en sus tierras de Doña Ana, y las finezas con que los obsequia en este viaje, no ocultan el hecho de que don Manuel de Guzmán, el octavo duque, se ha convertido en un pequeño rey de Andalucía... De Huelva a Málaga y Sevilla hace su voluntad; y eso, con el moro enfrente y con Cataluña y Portugal siempre cogidos con alfileres, resulta peligroso. Olivares recela que Medina Sidonia y su hijo Gaspar, el conde de Niebla, preparen una jugada para darle un sobresalto a la Corona... En otro momento esas cosas se solucionarían degollándolos tras un proceso a tono con su calidad... Pero los Medina Sidonia están muy alto, y Olivares, que pese a ser pariente suyo los aborrece, nunca osaría mezclar su nombre, sin pruebas, en un escándalo público.

–¿Y Alquézar?

–Ni siquiera el secretario real es hoy presa fácil. Ha medrado en la Corte, tiene el apoyo del inquisidor Bocanegra y del Consejo de Aragón... Además, en sus peligrosos juegos dobles, el conde duque lo considera útil –Guadalmedina encogió los hombros, desdeñoso–. Así que se ha optado por una solución discreta y eficaz para todos.

–Un escarmiento –apuntó Quevedo.

–Exacto. Eso incluye levantar el oro de contrabando en las mismas narices de Medina Sidonia, e ingresarlo en las arcas reales. El propio Olivares ha planeado el lance con aprobación del rey, y ésa es la causa de este viaje a Sevilla de sus majestades: nuestro cuarto Felipe quiere asistir al espectáculo; y luego, con su impasibilidad habitual, despedirse del viejo duque con un abrazo, lo bastante cerca para oírle rechinar los dientes... El problema es que el plan ideado por Olivares tiene dos partes: una semioficial, algo delicada, y otra oficiosa, más difícil.

–La palabra exacta es peligrosa –matizó Quevedo, siempre atento a la precisión del concepto.

Guadalmedina se inclinaba sobre la mesa hacia el capitán.

–En la primera, como habrás supuesto, entra el contador Olmedilla...

Mi amo asintió despacio. Ahora cada pieza encajaba en su sitio.

–Y en la segunda –dijo– entro yo.

Álvaro de la Marca se acarició con mucha calma el bigote. Sonreía.

–Si algo me gusta de ti, Alatriste, es que nunca hay que explicarte las cosas dos veces.

Salimos a pasear las calles estrechas y mal iluminadas, ya muy entrada la noche. Había luna menguante que daba una bella claridad lechosa a los zaguanes de las casas, y permitía distinguir nuestros perfiles bajo los aleros y las copas sombrías de los naranjos. A veces cruzábamos bultos oscuros que apresuraban el paso ante nuestra presencia, pues Sevilla era tan insegura como cualquier otra ciudad a esas horas de tiniebla. Al desembocar en una pequeña plazuela, una silueta embozada, que estaba apoyada y susurrante junto a una ventana, se volvió a la defensiva mientras aquella se cerraba de golpe, y en la sombra negra, masculina, vimos relucir por si acaso el brillo de un acero. Guadalmedina rió tranquilizador y dijo buenas noches a la sombra inmóvil, y proseguimos camino. El ruido de nuestros pasos nos precedía por las esquinas y los adarves. A veces, la claridad de un candil se dejaba ver tras las celosías de las ventanas enrejadas, y velas o lampiones de hojalata ardían en el recodo de alguna calle, bajo una imagen de azulejos de una Concepción o un Cristo atormentado.

El contador Olmedilla, explicó Guadalmedina mientras caminábamos, era un funcionario gris, un ratón de números y archivos, con auténtico talento para su oficio. Gozaba de toda la confianza del conde duque de Olivares, a quien asistía en materia contable. Y para que nos hiciéramos idea del personaje, apuntó que, además de la investigación que llevó al patíbulo a Rodrigo Calderón, había actuado también en las causas contra los duques de Lerma y Osuna. Para colmo, cosa insólita en su oficio, se le tenía por honrado. Su única pasión conocida eran las cuatro reglas; y la meta de su vida, que las cuentas cuadraran. Toda aquella información sobre el contrabando de oro era el resultado de informes obtenidos por espías del conde duque, confirmados por varios meses de paciente investigación de Olmedilla en los despachos, covachuelas y archivos oportunos.

–Faltan sólo por averiguar los últimos detalles –concluyó el aristócrata–. La flota ya ha sido avistada, así que no queda mucho tiempo. Todo debe estar resuelto mañana, en el curso de una visita que Olmedilla hará al fletador del galeón, ese tal Garaffa, para que aclare ciertos puntos sobre el transbordo del oro al *Niklaasbergen*... Por supuesto, la visita no tiene carácter oficial, y Olmedilla carece de título o autoridad que pueda mostrar –Guadalmedina enarcó las cejas, irónico– así que es probable que el genovés se llame a sagrado.

Pasamos frente a una taberna. Había luz en la ventana, y de adentro salía música de guitarra. Se abrió la puerta, dejando escapar cantos y risas. Antes de irse a desollar la zorra, alguien vomitaba con estrépito el vino en el umbral. Entre arcada y arcada oíamos su voz enronquecida, que se acordaba de Dios, y no precisamente para rezar.

–¿Por qué no meten preso a ese Garaffa? –inquirió Alatriste–... Una mazmorra, un escribano, un verdugo y un trato de cuerda hacen milagros. A fin de cuentas, se empeña la potestad del rey.

–No es tan fácil. El poder en Sevilla lo disputan la Audiencia Real y el Cabildo, y el arzobispo mete mano en cuanto se mueve. Garaffa está bien relacionado por esa parte y por la de Medina Sidonia. Habría escándalo, y entretanto el oro

volaría... No. Todo debe hacerse de modo discreto. Y el genovés, después de contar lo que sabe, tiene que desaparecer unos
días. Vive solo con un criado, así que a nadie le importará
tampoco si desaparece para siempre –hizo una pausa signifi-
cativa–... Ni siquiera al rey.

Tras decir aquello, Guadalmedina caminó un trecho en
silencio. Quevedo iba a mi lado, un poco más atrás, balanceándose con su digna cojera, la mano en mi hombro como
si en cierto modo pretendiera mantenerme al margen.

–En resumen, Alatriste: tú repartes los naipes.

Yo no veía el rostro del capitán. Sólo su silueta oscura delante de mí, el sombrero y el extremo de su espada que se recortaba en los rectángulos de claridad que la luna deslizaba
entre los aleros. Al cabo de un rato oí sus palabras:

–Despachar al genovés es fácil. En cuanto a lo otro...

Hizo una pausa y se detuvo. Llegamos a su altura. Tenía
la cabeza inclinada, y cuando alzó el rostro los ojos claros
recibieron los reflejos de la noche.

–No me gusta torturar.

Lo dijo con sencillez, sin inflexiones ni dramatismos. Un
hecho objetivo comentado en voz alta. Tampoco le gustaba
el vino agrio, ni el guiso con demasiada sal, ni los hombres
incapaces de gobernarse por reglas, aunque éstas fuesen personales, diferentes o marginales. Hubo un silencio, y la mano de Quevedo se apartó de mi hombro. Guadalmedina emitió una tosecilla incómoda.

–Eso no es cosa mía –dijo al cabo, con cierto embarazo–.
Y tampoco me apetece saberlo. Conseguir la información

necesaria es asunto de Olmedilla y tuyo... Él hace su oficio, y tú cobras por ayudarlo.

—De cualquier modo, lo del genovés es la parte fácil —apuntó Quevedo, con el tono de quien pretende mediar en algo.

—Sí —confirmó Guadalmedina—. Porque cuando Garaffa cuente los últimos detalles del negocio, aún quedará un pequeño trámite, Alatriste...

Estaba parado frente al capitán, y la incomodidad de antes había desaparecido de sus palabras. Yo no podía verle bien la cara, pero estoy seguro de que en ese momento sonreía.

—El contador Olmedilla te proporcionará recursos para que reclutes a un grupo escogido... Viejos amigos y gente así. Bravos de la hoja, para entendernos. Lo mejor de cada casa.

La cantinela de un limosnero que pedía por las ánimas con un candil en la mano sonó al extremo de la calle. «Acordaos de los difuntos», decía. «Acordaos». Guadalmedina estuvo mirando la luz hasta que se perdió en las sombras, y al fin se volvió de nuevo a mi amo.

—Después tendrás que asaltar ese maldito barco flamenco.

Llegamos así, charlando, a la parte de la muralla cercana al Arenal, junto al arquillo del Golpe; que, con su imagen de la Virgen de Atocha en la pared encalada, daba acceso a la mancebía famosa del Compás de la Laguna. Cuando las puertas de Triana y del Arenal estaban cerradas, aquel arquillo y la mancebía eran la forma cómoda de salir extramuros. Y Guadalmedina, según nos confió con medias palabras, tenía una cita importante en la taberna de la Gamarra, en Triana, al otro lado del puente de barcas que unía ambas orillas. La Gamarra estaba frontera a un convento cuyas monjas tenían fama de no serlo sino contra su voluntad. Su misa de los domingos era más frecuentada que comedia nueva: hervía de gente, con tocas y manos blancas a un lado de las rejas y galanes suspirando al otro. Y referente a eso, se decía que caballeros de la mejor sociedad –incluidos forasteros ilustres, como el rey nuestro señor– llevaban su fervor hasta el extremo de acudir para sus devociones en horas de poca luz.

En cuanto a la mancebía del Compás, la expresión corriente *más puta que la Méndez* se debía precisamente a que una tal Méndez –cuyo nombre usó, entre otros hombres de letras, el propio don Francisco de Quevedo en sus jácaras célebres del Escarramán– había sido pupila del sitio, que ofrecía a los viajeros y marchantes alojados en la cercana calle de Tintores y en otras posadas de la ciudad, amén de a los naturales, juego, música y mujeres de ésas de las que dijo el gran Lope:

> *¿Hay locura de un mancebo*
> *como verle andar perdido*
> *tras una de éstas, que ha sido*
> *de mil ignorantes cebo?*

... Y que remató como nadie, muy a su estilo, el no menos grande don Francisco:

Puto es el hombre que de putas fía,
y puto el que sus gustos apetece;
puto es el estipendio que se ofrece
en pago de su puta compañía.

Puto es el gusto, y puta la alegría
que el rato putaril nos encarece;
y yo diré que es puto a quien parece
que no sois puta vos, señora mía.

El burdel lo regentaba un tal Garciposadas, de familia conocida en Sevilla por tener un hermano poeta en la Corte
–amigo de Góngora, por cierto, y quemado aquel mismo
año por sodomía con un tal Pepillo Infante, mulato, también poeta, que había sido criado del almirante de Castilla–,
y otro quemado tres años atrás en Málaga por judaizante; y
como no hay dos sin tres, esos antecedentes familiares le habían granjeado el apodo de Garciposadas el Tostao. Este digno sujeto desempeñaba con soltura el grave oficio de taita o
padre de la mancebía, y engrasaba voluntades para el buen
discurrir del negocio, procuraba que las armas se dejaran en
el vestíbulo, e impedía la entrada a los menores de catorce
años para no contravenir las disposiciones del corregidor. Por
lo demás, el dicho Garciposadas el Tostao estaba en buenas
relaciones de toma y daca con la gurullada, y con la mayor
desvergüenza alguaciles y corchetes protegían su negocio;
que muy en razón podía titularse con aquello de:

Soy pícaro y retozón,
soy mancebo y soy bellaco,
y si me enojan, me aplaco
con cualquier satisfacción.

La satisfacción, por supuesto, era una bolsa bien repleta.
Y en torno al sitio menudeaba la chusma germanesca, jaques
de los que juraban por el alma de Escamilla, rufianes, bravos
del barrio de la Heria, tratantes en vidas y mercaderes de cuchilladas, olla pintoresca que se especiaba con aristócratas
perdidos, peruleros golfos, burgueses con buena bolsa, clérigos disfrazados con ropa seglar, gariteros, pagotes, soplones
de alguacil, virtuosos del gatazo y prójimos de toda laya; algunos tan pícaros que olían a un forastero a tiro de arcabuz,
y a menudo inmunes a una Justicia de la que, ya metidos en
versos, escribió el propio don Francisco de Quevedo:

En Sevilla es chica y poca,
donde firman la sentencia
al semblante de la bolsa.

De ese modo, protegido por la autoridad, el Compás era
cada noche discurrir de gente, y fiesta profana, y vino de lo
mejor y más fino, y se entraba en cuadrilla y se salía convertido en racimo de uvas. Allí se bailaba la lasciva zarabanda,
se templaban lo mismo primas que terceras, y cada cual hacía su avío. En la mancebía moraban más de treinta sirenas
de respigón y bolsa, todas con aposento propio, a las que el

sábado por la mañana –la gente de calidad iba al Compás los sábados por la noche– visitaba un alguacil para ver no estuvieran infestadas del mal francés y dejaran al cliente echando venablos, preguntándose por qué no le daba Dios al turco o al luterano donde a él le dio. Todo eso ponía, según cuentan, fuera de sí al arzobispo; ya que, como podía leerse en un memorial de aquellos días, *«lo que más en Sevilla hay son amancebados, testigos falsos, rufianes, asesinos, logreros... Pasan de 300 las casas de juego, y de 3.000 las rameras».*

Pero volvamos a lo nuestro, que tampoco es ir muy lejos. El caso es que disponíase Álvaro de la Marca a decirnos adiós bajo el arquillo del Golpe, casi a la entrada de la mancebía, cuando la mala fortuna quiso que pasara por allí una ronda de corchetes y un alguacil con su vara. Como recordarán vuestras mercedes, el incidente del soldado ahorcado días atrás había roto hostilidades entre la Justicia y la soldadesca de las galeras, y unos y otros andaban buscándose las vueltas para hacer balance; de manera que ni durante el día se veía gurullada por la calle, ni de noche los soldados salían de Triana o pasaban puertas adentro a la ciudad.

–Vaya, vaya –dijo el alguacil al vernos.

Nos miramos Guadalmedina, Quevedo, el capitán y yo, con inicial desconcierto. También era mala ventura que, entre toda la gentuza que iba y venía por las sombras de la Laguna, aquel broche y sus alfileres fueran a prenderse precisamente en nosotros.

–A los señores fanfarrones les gusta tomar el fresco –añadió el alguacil, con mucha sorna.

La sorna y el talante se lo garantizaban sus cuatro hombres, que iban con espadas, rodelas y caras de muy malas pulgas, que la poca luz del sitio entenebrecía más. Entonces caí. A la luz del farolillo de la Virgen de Atocha, la indumentaria del capitán Alatriste y la de Guadalmedina, incluso la mía, tenían aires soldadescos. Hasta el coleto de ante de Álvaro de la Marca estaba prohibido en tiempo de paz –paradójicamente, barrunto que se lo puso esa noche para escoltar al rey–, y bastaba echarle una ojeada al capitán Alatriste para olfatear milicia a la legua. Quevedo, rápido en el juicio como siempre, vio venir el nubarrón y quiso remediarlo.

–Disimule vuestra merced –le entró con mucha cortesía al alguacil–. Pero estos hidalgos son gente de honra.

Se acercaban curiosos a echar un vistazo, haciendo corro: un par de daifas de medio manto, algún jaque, un borracho con una garnacha del tamaño de un cirio pascual. El propio Garciposadas el Tostao asomó la gaita bajo el arco. Semejante concurrencia engalló al alguacil.

–¿Y quién le pide a vuestra merced que explique lo que nosotros podemos averiguar solos?

Oí chasquear la lengua a Guadalmedina, impaciente. «No se disminuyan vuacedes», animó una voz oculta entre las sombras y los curiosos. También sonaron risas. Bajo el arquillo se congregaba más gente. Unos tomaban partido por la Justicia y otros, los más, nos alentaban a una linda montería de porquerones.

–Ténganse presos en nombre del rey.

Aquello no auguraba nada bueno. Guadalmedina y Quevedo cambiaron una mirada, y vi cómo el aristócrata terciaba la capa al hombro, descubriendo brazo y espada y aprovechando al tiempo para rebozarse el rostro.

–No es de bien nacidos sufrir este desafuero –dijo.

–Que vuestra merced lo sufra o no –expuso desabrido el alguacil–, se me da dos maravedís.

Con aquella fineza, el lance estaba servido. En cuanto a mi amo, seguía muy quieto y callado, mirando al de la vara y a los corchetes. Su perfil aquilino y el frondoso mostacho bajo las anchas alas del sombrero le daban un aspecto imponente en aquella penumbra. O al menos a mí, que lo conocía bien, así se me antojaba. Palpé el mango de mi daga de misericordia. Habría dado cualquier cosa por una espada, porque los otros eran cinco, y nosotros cuatro. Al instante rectifiqué, desconsolado. Con mis dos cuartas de acero sólo sumábamos tres y medio.

–Entreguen las espadas –dijo el alguacil– y hagan la merced de acompañarnos.

–Es gente principal –hizo el último intento Quevedo.

–Y yo soy el duque de Alba.

Resultaba claro que el alguacil estaba dispuesto a salirse con la suya, haciendo un quince con dos ochos. Eran sus pastos, y lo observaban sus parroquianos. Los cuatro porquerones sacaron las espadas y comenzaron a rodearnos en un semicírculo amplio.

–Si salimos bien y nadie nos identifica –susurró fríamente Guadalmedina, la voz sofocada por el embozo–, mañana habrá tierra sobre el asunto... Si no, señores, la iglesia más próxima es la de San Francisco.

Los de la gura estaban cada vez más cerca. Con sus ropajes negros, los corchetes parecían parte de las sombras. Bajo el arco, los curiosos animaban con palmas de chacota. «Dales lo suyo, Sánchez», le dijo alguien al alguacil, con mucha guasa. Sin prisas, muy seguro de sí y muy jaque, el tal Sánchez se metió la vara en el cinto, sacó la espada y empuñó en la zurda una pistola enorme.

–Cuento hasta tres –dijo, arrimándose más–. Uno...

Don Francisco de Quevedo me apartó con suavidad hacia atrás, interponiéndose entre los corchetes y yo. Guadalmedina observaba ahora el perfil del capitán Alatriste, que seguía en el mismo sitio, impasible, calculando las distancias y girando el cuerpo muy despacio para no perder la cara del corchete que estaba más cercano, sin descuidar de soslayo a los otros. Noté que Guadalmedina buscaba con los ojos al que mi amo miraba, y luego, desentendiéndose de él, iba a fijarse en otro, como si aquel trámite lo diera por resuelto.

–Dos...

Quevedo se desembarazó el herreruelo. «No queda sino etcétera», murmuraba entre dientes mientras soltaba el fiador para arrodelarse el paño en torno al brazo izquierdo. Por su parte, Álvaro de la Marca dispuso la capa al tercio, de modo que le protegiese medio torso de las cuchilladas que iban a llover como si granizara. Apartándome de Quevedo, me puse junto al capitán. Su mano diestra se acercaba a la cazoleta de la espada, y la izquierda rozaba el mango de la daga. Pude oír su respiración, muy recia y lenta. De pronto caí en la cuenta de que hacía varios meses, desde Breda, que no lo veía matar a un hombre.

–Tres –el alguacil alzó su pistola y volvió el rostro hacia los curiosos–. ¡En nombre del rey, favor a la Justicia!

No había terminado de hablar cuando Guadalmedina le disparó a bocajarro uno de sus pistoletes, tirándolo para atrás como estaba, aún vuelto el rostro, con el fogonazo. Chilló una mujer bajo el arco, y un murmullo expectante corrió entre las sombras; que ver reñir al prójimo o acuchillarse entre sí fue siempre antigua costumbre española. Y entonces, al mismo tiempo, Quevedo, Alatriste y Guadalmedina metieron mano a la blanca, en la calle relucieron siete aceros desnudos, y todo ocurrió a un ritmo endiablado: cling, clang, herreruzas echando chispas, los corchetes gritando «en nombre del rey, ténganse en nombre del rey», y más gritos y murmullos entre los espectadores. Y yo, que también había desenvainado mi daga, me quedé allí mirando cómo, en menos de medio avemaría, Guadalmedina le pasaba el molledo del brazo a un corchete, Quevedo marcaba a otro en la cara dejándolo contra la pared, las manos sobre la herida y sangrando cual cochino por acecinar, y Alatriste, espada en una mano y daga en la otra, manejando ambas como relámpagos, le metía dos palmos de toledana en el pecho a un tercero que decía María Santísima antes de desclavarse y caer al suelo vomitando espadañadas de sangre que parecía tinta negra. Todo había ocurrido tan rápido que el cuarto porquerón no lo pensó dos veces y tomó las de Villadiego cuando vio a mi amo revolverse luego contra él. En ésas yo enfundé mi daga y fui sobre una de las espadas que había en el suelo, la del alguacil, alzándome con ella en el momento en que dos o tres curiosos, engañados por el inicio de la riña, se adelantaban a echar una mano a los corchetes; pero tan pronto fue resuelto todo, que los vi parar en seco apenas iniciado el ademán, mirándose unos a otros, y luego quedarse muy quietos y circunspectos observando al capitán Alatriste, Guadalmedina y Quevedo, que con las espadas desnudas se volvían dispuestos a proseguir la vendimia. Me puse junto a los míos, afirmándome en guardia; y la mano que sostenía el acero temblaba no de inquietud, sino de exaltación: habría dado mi alma por añadir una estocada propia a la reyerta. Pero a los espontáneos se les iban las ganas de terciar. Estuvieron allí con mucha prudencia, murmurando de lejos tal y cual, y aguarden vuestras mercedes que ya verán, etcétera, entre las chirigotas de los curiosos, mientras nosotros retrocedíamos sin dar la espalda y dejando el campo hecho una carnicería: un corchete muerto de fijo, el alguacil con su pistoletazo a cuestas, más muerto que vivo y sin resuello ni para pedir confesión, el del brazo traspasado taponándose la herida como podía, y el de la cara picada arrodillado junto a la pared, gimiendo bajo una máscara de sangre.

–¡En las galeras del rey darán razón! –voceó Guadalmedina con el adecuado tono desafiante, mientras hacíamos cantonada tras la primera esquina. Lo que era hábil treta, que echaría a cuenta de soldados, como el infeliz alguacil se había empeñado en sostener bien a su costa, las estocadas en que tan pródiga había sido la noche.

Acudió la gurullada
a las voces y al reclamo.
Acepillé a los corchetes,
di de cenar a los diablos.

Por la calle de Harinas, camino de la puerta del Arenal, don Francisco de Quevedo improvisaba versos festivos en jacarandina, buscando alegremente una taberna abierta donde remojar la palabra feriándonos con algo de lo fino. Álvaro de la Marca reía, encantado. Buen lance, decía. Buen lance y bien jugado, voto a tal y cual. En cuanto al capitán Alatriste, había limpiado la hoja de su toledana con un lienzo que guardó en la faltriquera, y luego de envainar caminaba en silencio, ocupado en pensamientos imposibles de penetrar.

Y yo iba a su lado, orgulloso como
don Quijote, llevando en las
manos la espada
del alguacil.

IV. LA MENINA DE LA REINA

iego Alatriste aguardaba recostado en la pared, a la sombra de un zaguán de la calle del Mesón del Moro, entre macetas de geranios y albahaca. Iba sin capa, con el sombrero puesto, la espada y la daga al cinto, abierto el jubón de paño sobre una camisa bien zurcida y limpia, y ponía mucha atención en vigilar la casa del genovés Garaffa. El sitio estaba casi a las puertas de la antigua judería de Sevilla, próximo a las Descalzas y al viejo corral de comedias de Doña Elvira; y a esas horas permanecía tranquilo, con pocos transeúntes y alguna mujer que barría y regaba los portales y las plantas. En otro tiempo, cuando servía al rey como soldado de sus galeras, Alatriste había pisado muchas veces aquel barrio sin imaginar que más adelante, cuando regresó de Italia en el año die-

ciséis del siglo, iba a habitarlo una larga temporada, casi toda acogido entre jaques y gente ligera de espada en el famoso corral de los Naranjos, asilo de lo más florido de la
valentía y la picaresca sevillana. Como tal vez recuerden
vuestras mercedes, tras la represión contra los moriscos en
Valencia el capitán había pedido licencia de su tercio para
alistarse como soldado en Nápoles –«puesto a degollar in-
fieles, al menos que puedan defenderse», fueron sus razones–, permaneciendo embarcado hasta la almogavaría naval
del año quince, cuando después de asolar con cinco galeras
y más de un millar de camaradas la costa turca, todos regre-
saron a Italia con ricos botines, y él diose muy buena vida
en Nápoles. Todo eso terminó como en la juventud suelen
terminar tales cosas: una mujer, un tercero, una marca en
la cara para la mujer, una estocada para el hombre, y Diego
Alatriste fugitivo de Nápoles gracias a su vieja amistad
con el capitán don Alonso de Contreras, que lo metió bajo
mano en una galera con destino a Sanlúcar y Sevilla. Y de
ese modo, antes de pasar a Madrid, el antiguo soldado había acabado ganándose la vida como espadachín a sueldo en
una ciudad que era Babilonia y semillero de todos los vicios,
entre bravos y rufianes, viviendo de día acogido al sagrado del famoso patio de la Iglesia Mayor, y saliendo de noche a hacer su oficio donde un hombre de hígados con buen
acero, si tenía la suerte y la destreza suficientes, podía ga-
narse el pan con mucha holgura. Bravos legendarios como
Gonzalo Xeniz, Gayoso, Ahumada y el gran Pedro Váz-
quez de Escamilla, que sólo llamaban majestad al rey de la

baraja, ya se habían ido por la posta, descosidos a cuchilladas o muertos por enfermedad de soga –que en tales trabajos, verse añudado el gaznate era achaque contagioso–. Pero
en el corral de los Naranjos y en la cárcel real, que también habitó con regular frecuencia, Alatriste había conocido a muy dignos sucesores de tan históricos rufos, expertos
en mojadas, tajos y chirlos, sin que él mismo, diestro en la
estocada de Gayona y en muchas otras propias de su arte,
quedase corto en méritos a la hora de hacerse un nombre en
tan ilustre cofradía.

Recordaba todo eso ahora, con un punto de nostalgia que
tal vez no era del pasado, sino de su perdida juventud; y lo
hacía a poca distancia del mismo corral de comedias de Doña
Elvira, donde en aquel momento de mocedad se había aficionado a las representaciones de Lope, Tirso de Molina y otros
–allí vio por vez primera *El perro del hortelano* y *El vergon-
zoso en palacio*–, en noches que empezaban con versos y
lances fingidos sobre el tablado, y terminaban de veras entre tabernas, vino, coimas complacientes, alegres compadres
y cuchilladas. Aquella Sevilla peligrosa y fascinante seguía
viva, y la diferencia no había que buscarla fuera, sino dentro
de él mismo. El tiempo no pasa en vano, reflexionaba apoyado a la sombra del zaguán. Y los hombres envejecen también por dentro, a medida que lo hace su corazón.

–Cagüenlostia, capitán Alatriste... Qué pequeño es el
mundo.

Se volvió, desconcertado, mirando al que acababa de pronunciar su nombre. Resultaba extraño ver a Sebastián Co-

pons tan lejos de una trinchera flamenca y en el acto de pronunciar ocho palabras seguidas. Tardó unos instantes en si-
tuarlo en el presente: el viaje por mar, la reciente despedida
del aragonés en Cádiz, su licencia e intención de viajar a Sevilla, camino del norte.

–Me alegro de verte, Sebastián.

Era cierto y no lo era del todo. En realidad no se alegra-
ba de verlo allí en ese momento; y mientras ambos se aga-
rraban por los brazos, con sobrio afecto de viejos camaradas, miró sobre el hombro del recién llegado hacia el extremo
de la calle. Por suerte Copons era de confianza. Podía qui-
társelo de encima sin desairarlo, seguro de que entende-
ría. A fin de cuentas, lo bueno de un verdadero amigo era
que siempre te dejaba dar las cartas sin preocuparse de la
baraja.

–¿Paras en Sevilla? –preguntó.

–Algo.

Copons, pequeño, enjuto y duro como de costumbre,
vestía de su natural a lo soldado, con coleto, tahalí, espada
y botas. Bajo el sombrero, en la sien izquierda, asomaba la
cicatriz de la brecha que el propio Alatriste le había ven-
dado un año atrás, durante la batalla del molino Ruyter.

–Habrá que remojarlo, Diego.

–Después.

Copons lo observó con sorpresa y mucha atención, antes
de volverse a medias para seguir la dirección de su mirada.

–Estás ocupado.

–Algo así.

Copons inspeccionó de nuevo la calle, buscando indicios de lo que entretenía a su camarada. Luego tocó maquinalmente el puño de la espada.

–¿Me necesitas? –preguntó con mucha flema.

–No, por ahora –la sonrisa afectuosa de Alatriste agolpaba arrugas curtidas en su cara–... Pero tal vez haya algo para ti, antes de que dejes Sevilla. ¿Te acomoda?

El aragonés encogió los hombros, estoico: el mismo gesto que cuando el capitán Bragado ordenaba entrar daga en mano en las caponeras o asaltar un baluarte holandés.

–¿Tú estás dentro?

–Sí. Y además hay sonante.

–Aunque no lo haya.

En ese momento Alatriste vio aparecer al contador Olmedilla por el extremo de la calle. Vestía de negro, como siempre, abotonado hasta la gola, con su sombrero de ala corta y su aire de funcionario anónimo que parecía directamente salido de un despacho de la Real Audiencia.

–Tengo que dejarte... Nos vemos en la hostería de Becerra.

Puso la mano en el hombro de su camarada, y despidiéndose sin más palabras abandonó el apostadero. Cruzó la calle con aire casual, para converger con el contador ante la casa de la esquina: un edificio de ladrillo, dos plantas y un zaguán discreto con reja que daba acceso al patio interior. Entraron juntos sin llamar y sin dirigirse la palabra; sólo una breve mirada de inteligencia. Alatriste, con una mano en el puño de la espada; Olmedilla, tan avinagrado el semblante como solía. Apareció un criado de edad que se limpiaba las manos en un delantal, el semblante inquisitivo y preocupado.

–Ténganse al Santo Oficio –dijo Olmedilla con toda la frialdad del mundo.

Se demudó el sirviente; que en casa de un genovés y en Sevilla, aquellas eran palabras de mucha trastienda. Así que no dijo esta boca es mía mientras Alatriste, sin apartar la mano del puño de su toledana, indicaba una habitación donde el otro entró como un lechal, dejándose maniatar, amordazar y cerrar con llave. Cuando Alatriste salió de nuevo al patio, Olmedilla aguardaba disimulado tras una enorme maceta con un helecho, las manos juntas y moviendo los pulgares con aire impaciente. Hubo otro silencioso intercambio de miradas, y los dos hombres cruzaron el patio hasta una puerta cerrada. Entonces Alatriste sacó la espada, abrió de golpe y entró en un gabinete espacioso, amueblado con una mesa, un armario, un brasero de cobre y algunas sillas de cuero. La luz de una ventana alta y enrejada, medio cubierta con postigos de celosía, dibujaba innumerables cuadritos de luz sobre la cabeza y los hombros de un individuo de mediana edad, más grueso que corpulento, vestido con bata de seda y pantuflas, que se había puesto de pie, sobresaltado. Esta vez el contador Olmedilla no apeló al Santo Oficio ni a ninguna otra cosa, limitándose a entrar en pos de Alatriste y echar un vistazo alrededor hasta detenerse, con satisfacción profesional, en el armario abierto y atestado de papeles. Un gato, pensó el capitán, se habría relamido del mismo modo a la vista de una sardina a media pulgada de sus bigotes. En cuanto al dueño de la casa, la sangre parecía habérsele retirado del rostro: el tal Jerónimo Garaffa estaba muy callado, la boca abierta con estupor, ambas manos todavía en la mesa donde ardía una palmatoria con vela para fundir lacre. Al levantarse había derramado medio tintero sobre el papel en el que escribía cuando aparecieron los intrusos. Tenía el pelo –lo usaba teñido– en una redecilla, y una bigotera sobre el mostacho engomado. Sostenía la pluma entre los dedos como si la hubiese olvidado allí, y miraba espantado la espada que el capitán Alatriste le apoyaba en la garganta.

–Así que no sabéis de qué os estamos hablando.

El contador Olmedilla, sentado tras la mesa como si estuviera en su propio despacho, alzó la vista de los papeles para ver cómo Jerónimo Garaffa movía angustiado la cabeza, aún con su redecilla puesta. El genovés estaba en una silla, maniatado al respaldo. Pese a que la temperatura era razonable, gruesas gotas de sudor le corrían desde el pelo, por las patillas y la cara que olía a gomas, colirios y ungüento de barbero.

–Le juro a vuestra merced...

Olmedilla interrumpió la protesta con un gesto seco de la mano, y volvió a sumirse en el estudio de los documentos que tenía delante. Sobre la bigotera que le daba un aire gro-

tesco de máscara en Carnaval, los ojos de Garaffa fueron
a posarse en Diego Alatriste, que escuchaba en silencio, la
toledana de nuevo en la vaina, cruzados los brazos y la espalda en la pared. La expresión helada de sus pupilas debió
de inquietarlo todavía más que la adustez de Olmedilla, pues
se volvió al contador como quien escoge el menor entre dos
males sin remedio. Al cabo de un largo y opresivo silencio,
el contador dejó los documentos que estudiaba, se echó hacia atrás en la silla y miró al genovés con las manos juntas
ante sí, haciendo girar los pulgares. Seguía pareciendo un ratón gris de covachuela, apreció Alatriste. Pero ahora su expresión era la de un ratón que acabase de hacer una mala digestión y paladeara bilis.

—Vamos a poner las cosas claras —dijo Olmedilla, muy de-
liberado y muy frío—... Vuestra merced sabe de qué le estoy
hablando, y nosotros sabemos que lo sabe. Todo lo demás
es perder el tiempo.

El genovés tenía la boca tan seca que no pudo articular
palabra hasta el tercer intento.

—Juro por Cristo Nuestro Señor —aseguró con voz ronca,
cuyo acento extranjero resultaba más intenso a causa del
miedo— que no sé nada de ese barco flamenco.

—Cristo no tiene nada que ver con este negocio.

—Esto es un desafuero... Exijo que la Justicia...

El último intento de Garaffa por dar firmeza a su protesta se quebró en un sollozo. Bastaba verle la cara a Diego
Alatriste para comprender que la Justicia a la que se refería
el genovés, la que estaba sin duda acostumbrado a comprar

con lindos reales de a ocho, residía demasiado lejos de aquella habitación, y no había quien le echara un galgo.

–¿Dónde fondeará el *Virgen de Regla*? –volvió a preguntar Olmedilla con mucha calma.

–No sé... Virgen Santa... No sé de qué me habláis.

El contador se rascó la nariz como quien oye llover. Miraba a Alatriste de modo significativo, y éste se dijo que era en verdad la viva estampa del funcionario de aquella España austríaca, siempre minuciosa e implacable con los desdichados. Podía haber sido perfectamente un juez, un escribano, un alguacil, un abogado; cualquiera de las sabandijas que vivían y medraban al amparo de la monarquía. Guadalmedina y Quevedo habían dicho que Olmedilla era honrado, y Alatriste lo creía. Pero en cuanto al resto de su talante y actitudes, nada había de diferente, decidió, con aquella escoria de negras urracas despiadadas y avarientas que poblaban las audiencias y las procuradurías y los juzgados de las Españas, de manera que ni en sueños halláranse Luzbeles tan soberbios, ni Cacos tan ladrones, ni Tántalos tan sedientos de honores, ni hubo nunca blasfemia de infiel que se igualara a sus textos, siempre a gusto del poderoso y nefastos para el humilde. Sanguijuelas infames en quienes faltaban la caridad y el decoro, y sobraban la intemperancia, la rapiña y el fanático celo de la hipocresía; de manera que quienes debían amparar a los pobres y a los míseros, esos precisamente los despedazaban entre sus ávidas garras. Aunque el que tenían hoy entre manos no fuera precisamente el caso. Ni pobre ni mísero, se dijo. Aunque sin duda miserable.

–En fin –concluyó Olmedilla.

Ordenaba los papeles sobre la mesa sin apartar sus ojos de Alatriste, con gesto de estar ya todo dicho, al menos por su parte. Transcurrieron así unos instantes, en los que Olmedilla y el capitán siguieron observándose en silencio. Luego éste descruzó los brazos y se apartó de la pared, acercándose a Garaffa. Cuando llegó a su lado, la expresión aterrorizada del genovés era indescriptible. Alatriste se puso frente a él, inclinándose un poco hasta mirarle los ojos con mucha intensidad y mucha fijeza. Aquel individuo y lo que representaba no movían en lo más mínimo sus reservas de piedad. Bajo la redecilla, el pelo teñido del mercader dejaba regueros de sudor oscuro en su frente y a lo largo del cuello. Ahora, pese a los afeites y pomadas, olía agrio. A transpiración y a miedo.

–Jerónimo... –susurró Alatriste.

Al oír su nombre, pronunciado a tres pulgadas escasas de la cara, Garaffa se sobresaltó como si acabase de recibir una bofetada. El capitán, sin apartar el rostro, se mantuvo unos instantes inmóvil y callado, mirándolo desde esa distancia. Su mostacho casi rozaba la nariz del prisionero.

–He visto torturar a muchos hombres –dijo al fin, lentamente–. Los he visto con los brazos y las piernas descoyuntados por la mancuerda, delatando a sus propios hijos. He visto a renegados desollados vivos, suplicando entre alaridos que los mataran... En Valencia vi quemar los pies a infelices moriscos para que descubrieran el oro escondido, mientras oían los gritos de sus hijas de doce años forzadas por los soldados...

Se calló de pronto, como si hubiera podido seguir contando casos como aquellos indefinidamente, y fuera absurdo continuar. En cuanto al rostro de Garaffa, parecía que acabara de pasarle por encima la mano de la muerte. De pronto había dejado de sudar; como si bajo su piel, amarilla de terror, no quedase gota de líquido.

–Te aseguro que todos hablan tarde o temprano –concluyó el capitán–. O casi todos. A veces, si el verdugo es torpe, alguno muere antes... Pero tú no eres de ésos.

Todavía lo estuvo contemplando un poco más de ese modo, muy cerca, y luego se dirigió a la mesa. De pie frente a ella y vuelto de espaldas al prisionero, se remangó el puño y la manga de la camisa sobre el brazo izquierdo. Mientras lo hacía, su mirada se cruzó con la de Olmedilla, que lo observaba con atención, un poco desconcertado. Después cogió la palmatoria con la vela para fundir lacre y volvió junto al genovés. Al mostrársela, alzándola un poco, la luz de la llama arrancó reflejos verdigrises a sus ojos, de nuevo fijos en Garaffa. Parecían dos inmóviles placas de escarcha.

–Mira –dijo.

Le mostraba el antebrazo, donde una cicatriz delgada y larga subía entre el vello por la piel curtida, hasta el codo. Y luego, ante la nariz del espantado genovés, el capitán Alatriste acercó la llama de la vela a su propia carne desnuda. La llama crepitó entre olor a piel quemada, mientras apretaba las mandíbulas y el puño, y los tendones y músculos del antebrazo se endurecían como sarmientos de vid tallados en piedra. Frente a sus ojos, que seguían mirando glaucos e impasibles, los del genovés estaban desorbitados por el horror. Aquello duró un momento que pareció interminable. Después, con mucha flema, Alatriste dejó la palmatoria sobre la mesa, volvió a ponerse ante el prisionero y le mostró el brazo. Una atroz quemadura, del tamaño de un real de a ocho, enrojecía la piel abrasada en los bordes de la llaga.

—Jerónimo... —repitió.

Había acercado otra vez su cara a la del otro, y de nuevo le hablaba en voz baja, casi confidencial:

—Si esto me lo hago yo, imagina lo que soy capaz de hacerte a ti.

Un charco amarillento se extendía bajo las patas de la silla, piernas abajo del prisionero. Garaffa empezó a gemir y a estremecerse, y continuó así por un espacio muy largo. Al fin recobró el uso de la palabra, y entonces comenzó a hablar de un modo atropellado y prodigioso, torrencial, mientras el contador Olmedilla, diligente, mojaba la pluma en el tintero, tomando las notas oportunas. Alatriste fue a la cocina en busca de manteca, sebo o aceite para ponerse en la quemadura. Cuando regresó, vendándose el antebrazo con un lienzo limpio, Olmedilla le dirigió una mirada que en individuos de otros humores equivaldría a grande y manifiesto respeto. En cuanto a Garaffa, ajeno a todo salvo a su propio terror, continuaba hablando por los codos: nombres, lugares, fechas, bancos portugueses, oro en barras. Y siguió haciéndolo durante un buen rato.

A esa misma hora yo caminaba bajo el prolongado arco que se abre al fondo del patio de banderas, en el callejón de la antigua Aljama. Y tampoco, aunque por motivos distintos a los de Jerónimo Garaffa, a mí me quedaba gota de sangre en el cuerpo. Me detuve en el sitio indicado y puse una mano en la pared porque temí que me flaqueasen las piernas. Pero al fin y al cabo mi instinto de conservación se había desarrollado en los últimos años, de modo que, pese a todo, tuve lucidez para estudiar por lo menudo el sitio, sus dos salidas y las inquietantes puertecillas que se abrían en los muros. Rocé el mango de la daga que llevaba, como siempre, atravesada al cinto en los riñones, y luego, maquinalmente, palpé la faltriquera donde estaba el billete que me había conducido hasta allí. Lo cierto es que era digno de cualquier lance de comedia de Tirso o de Lope:

Si aún me tenéis afecto, es momento de averiguarlo. Me holgaré de veros a las once de la mañana, en el arco de la judería.

El billete me había llegado a las nueve, con un mozo que pasó por la posada de la calle Tintores, donde yo aguardaba el regreso del capitán sentado en un poyete de la puerta, viendo pasar gente. Venía sin firma, pero el nom-

bre de su remitente estaba tan claro como las heridas pro-
fundas que se mantenían en mi corazón y en mi memoria. Juzguen vuestras mercedes los sentimientos encontrados que me venían turbando desde que recibí ese papel, y
la deliciosa angustia que guiaba mis pasos. Ahorraré entrar en detalles sobre zozobras de enamorado, que me aver-
gonzarían a mí y causarían tedio al lector. Diré tan sólo
que yo entonces tenía dieciséis años y nunca había amado a una niña, o a una mujer –tampoco después amé nunca de tal modo– como en ese tiempo amaba a Angélica de
Alquézar.

Es singular, pardiez. Sabía que aquel billete no podía ser
sino otro episodio del peligroso juego que Angélica llevaba
conmigo desde que nos habíamos conocido frente a la taberna del Turco, en Madrid. Un juego que había estado a
punto de costarme la honra y la vida, y que todavía muchas
veces, con el paso de los años, me haría caminar siempre al
borde del abismo, por el filo mortal de la más deliciosa navaja
que una mujer fue capaz de crear para el hombre que durante
toda su vida, y hasta en el momento mismo de su temprana
muerte, habría de ser al tiempo su amante y su enemigo. Pero ese momento aún estaba lejos, y era el caso que allí andaba yo aquella tibia mañana de invierno, en Sevilla, con todo
el vigor y la audacia de mi mocedad, acudiendo a la cita de la
niña –quizá, me decía, ya no lo sea tanto– que una vez, casi
tres años atrás y en la fuente del Acero, al decirle yo: «Mori-
ría por vos», había respondido, sonriendo dulce y enigmática: «Tal vez mueras».

El arco de la Aljama estaba desierto. Dejando a la espalda la torre de la Iglesia Mayor recortada en el cielo sobre las copas de los naranjos, me interné más por él, hasta doblar el codo y asomarme al otro lado, donde el agua canturreaba en una fuente y gruesas ramas de enredadera colgaban desde las almenas de los Alcázares. Tampoco allí vi a nadie. Tal vez se trata de una burla, me dije, volviendo sobre mis pasos hasta penetrar de nuevo en la penumbra del pasadizo. Fue entonces cuando oí un ruido a mi espalda, y volví el rostro mientras llevaba la mano al puño de la daga. Una de las puertas estaba abierta, y un soldado de la guardia tudesca, fuerte y rubio, me observaba en silencio. Hizo al cabo una seña, y me acerqué con mucha prevención, recelando un mal lance. Pero el tudesco no parecía hostil. Me examinaba con curiosidad profesional, y al llegar a su altura hizo un gesto para que le entregara mi daga. Sonreía bonachón entre las enormes patillas rubias que se le juntaban al mostacho. Luego dijo algo así como *komensi herein*, que yo —me había hartado de ver tudescos vivos y muertos en Flandes— sabía que significaba anda, pasa dentro, o algo por el estilo. No tenía elección, de modo que le entregué la daga, y crucé la puerta.

—Hola, soldado.

Quienes conozcan el retrato de Angélica de Alquézar pintado por Diego Velázquez pueden imaginarla fácilmente con sólo unos pocos años menos. La sobrina del secretario real, menina de la reina nuestra señora, tenía cumplidos ya los quince y su belleza era mucho más que una promesa. Había madurado mucho desde la última vez que la vi: su corpiño de cordones pasados con buenas guarniciones de plata y coral, a juego con el amplio brial de brocado que el guardainfante sostenía graciosamente en torno a sus caderas, dejaba adivinar formas que antes no estaban allí. Tirabuzones rubios, como no los vio el Arauco en sus minas, seguían enmarcando los ojos azules, no desmentidos por una piel tersa y blanquísima que me pareció –en el futuro supe que así era– de la textura de la seda.

–Ha pasado mucho tiempo.

Estaba tan hermosa que dolía mirarla. En la habitación de columnas moriscas, abierta a un pequeño jardín de los Reales Alcázares, el sol volvía blanco el contorno de su cabello al contraluz. Sonreía como sonrió siempre: misteriosa y sugerente, con un punto de ironía, o de maldad, en su boca perfecta.

–Mucho tiempo –pude articular por fin.

El tudesco se había retirado al jardín, por donde paseaban las tocas de una dueña. Angélica fue a sentarse en un sillón de madera labrada, y me indicó un escabel situado frente a ella. Ocupé el asiento sin saber muy bien qué hacía. Me miraba con mucha atención, las manos cruzadas sobre el regazo; bajo el ruedo de su guardapiés asomaba un fino zapato de raso, y de pronto fui consciente de mi tosco jubón sin mangas sobre la camisa remendada, mis calzas de paño burdo y mis polainas militares. Por la sangre de Cristo, mal-

Ocupé el asiento sin saber muy bien qué hacía.

dije para mis adentros. Imaginaba lindos y pisaverdes de buena sangre y mejor bolsa, vestidos de calidad, requebrando a Angélica en fiestas y saraos de la Corte. Un escalofrío de celos me traspasó el alma.

—Espero —dijo en tono muy suave— que no me guardéis rencor.

Recordé, y no necesitaba mucho para rememorar tanta vergüenza, las cárceles de la Inquisición en Toledo, el auto de fe de la Plaza Mayor, el papel que la sobrina de Luis de Alquézar había jugado en mi desgracia. Ese pensamiento tuvo la virtud de devolverme la frialdad que tanto necesitaba.

—¿Qué queréis de mí? —pregunté.

Tardó en responder un instante más de lo necesario. Me observaba intensamente, la misma sonrisa en la boca. Parecía complacida de lo que veía ante ella.

—No quiero nada —dijo—. Tenía curiosidad por encontraros de nuevo... Os reconocí en la plaza.

Se calló un momento. Miraba mis manos, y otra vez mi rostro.

—Habéis crecido, caballero.

—También vos.

Se mordió levemente el labio inferior mientras asentía muy despacio con la cabeza. Los tirabuzones le rozaban con suavidad la piel pálida de las mejillas, y yo la adoraba.

—Habéis luchado en Flandes.

No era afirmación ni pregunta. Parecía reflexionar en voz alta.

–Creo que os amo –dijo de pronto.

Me levanté del escabel, con un respingo. Angélica ya no sonreía. Me miraba desde su asiento, alzados hacia mí sus ojos azules como el cielo, como el mar y como la vida. Que el diablo me lleve si no estaba enloquecedoramente bella.

–Cristo –murmuré.

Yo temblaba como las hojas de un árbol. Ella permaneció inmóvil, callada durante un largo rato. Al fin encogió un poco los hombros.

–Quiero que sepáis –dijo– que tenéis amigos incómodos. Como ese capitán Batiste, o Triste, o como se llame... Amigos que son enemigos de los míos... Y quiero que sepáis que eso tal vez os cueste la vida.

–Ya estuvo a punto de ocurrir –respondí.

–Y pronto ocurrirá de nuevo.

Había vuelto a sonreír del mismo modo que antes, reflexiva y enigmática.

–Esta tarde –prosiguió– hay una velada que ofrecen los duques de Medina Sidonia a los reyes... De regreso, mi carruaje se detendrá un rato en la Alameda. Hay hermosas fuentes y jardines, y el lugar es delicioso para pasear.

Arrugué el entrecejo. Aquello era demasiado bueno. Demasiado fácil.

–Un poco a deshora, me parece.

–Estamos en Sevilla. Las noches aquí son templadas.

No se me escapó la singular ironía de sus palabras. Miré hacia el patio, a la dueña que seguía por allí. Angélica interpretó mi gesto.

–Es otra distinta a la que me guardaba en la fuente del Acero... Ésta se vuelve, cuando yo quiero, muda y ciega. Y he pensado que tal vez os plazca estar hoy sobre las diez de la noche en la Alameda, Íñigo Balboa.

Me quedé estupefacto, analizándolo todo.

–Es una trampa –concluí–. Una emboscada como las otras.

–Tal vez –sostenía mi mirada, inescrutable–. De vuestro valor depende acudir o no a ella.

–El capitán... –dije, y callé de pronto. Angélica me estudió con una lucidez infernal. Era como si leyera mis pensamientos.

–Ese capitán es vuestro amigo. Sin duda tendréis que confiarle este pequeño secreto... Y ningún amigo os dejaría acudir solo a una emboscada.

Guardó un breve silencio para dejar que la idea penetrase bien en mí.

–Dicen –añadió al fin– que también él es un hombre valiente.

–¿Quién lo dice?

No respondió, limitándose a acentuar la sonrisa. Y yo terminé de comprender cuanto acababa de decirme. La certeza llegó con tan espantosa claridad que me estremecí ante el cálculo con que ella me lanzaba a la cara semejante desafío. La silueta negra de Gualterio Malatesta se interpuso con sus trazas de oscuro fantasma. Todo era obvio y terrible al mismo tiempo: la vieja pendencia ya no sólo incluía a Alatriste. Yo tenía edad suficiente para responder de las consecuencias de mis actos, sabía demasiadas cosas, y para nuestros enemigos era un adversario tan molesto como el propio capitán. Instrumento de la cita misma, diabólicamente avisado del peligro cierto, por una parte no podía ir a donde Angélica me pedía que fuera, y tampoco podía dejar de hacerlo. Aquel «habéis luchado en Flandes», que ella había dicho un momento antes, resultaba ahora una cruel ironía. Pero en última instancia el mensaje estaba dirigido al capitán. Yo no debía ocultárselo a él. Y en tal caso, o iba a prohibirme acudir esa noche a la Alameda, o no me dejaría ir solo. El cartel de desafío nos incluía a ambos, sin remedio. Todo se concretaba en elegir entre mi vergüenza o un peligro cierto. Y mi conciencia se debatía como un pez atrapado en una red. De pronto, las palabras de Gualterio Malatesta volvieron a mi memoria con siniestros significados. La honra, había dicho, es peligrosa de llevar.

—Quiero saber —dijo Angélica— si todavía seguís dispuesto a morir por mí.

La contemplé confuso, incapaz de articular palabra. Era como si su mirada se paseara con toda libertad por mi interior.

—Si no acudís —añadió—, sabré que pese a Flandes sois un cobarde... En caso contrario, ocurra lo que ocurra, quiero que recordéis lo que antes os dije.

Crujió el brocado de su falda al ponerse en pie. Ahora estaba cerca. Muy cerca.

—Y que tal vez os ame siempre.

Miró hacia el jardín por donde paseaba la dueña. Luego se acercó un poco más.

–Recordadlo hasta el final... Llegue cuando llegue.

–Mentís –dije.

La sangre parecía haberse retirado de golpe de mi corazón y de mis venas. Angélica siguió observándome con renovada atención durante un espacio de tiempo que pareció eterno. Y entonces hizo algo inesperado. Quiero decir que alzó una mano blanca, menuda y perfecta, y apoyó sus dedos en mis labios con la suavidad de un beso.

–Marchaos –dijo.

Dio media vuelta y salió al jardín. Y yo, fuera de mí, di unos pasos tras ella, cual si pretendiera seguirla hasta los aposentos reales y los salones mismos de la reina. Me cortó el paso el tudesco de las patillas grandes, que sonreía señalándome la puerta al tiempo que me devolvía mi daga.

Fui a sentarme en los escalones de la Lonja, junto a la Iglesia Mayor, y permanecí allí largo rato, sumido en fúnebres reflexiones. En mi interior se debatían sentimientos encontrados, y la pasión por Angélica, reavivada por tan inquietante entrevista, luchaba con la certeza de la trama siniestra que nos envolvía. Al principio pensé en callar, escabullirme de noche con cualquier excusa, y acudir a la cita solo, afrontando de ese modo mi destino, con la daga de misericordia y la toledana del alguacil –un buen acero con las marcas del espadero Juanes que guardaba envuelto en trapos viejos, escondido en la posada– como única compañía. Pero aquel iba a ser, de cualquier modo, un lance sin esperanza. La figura sombría de Malatesta se perfilaba en mi imaginación como un oscuro presagio. Frente a él, yo no tenía ninguna posibilidad. Eso, además, en el improbable caso de que el italiano, o quien fuese, acudiera a la cita solo.

Sentí deseos de llorar de rabia y de impotencia. Yo era vascongado e hidalgo, hijo del soldado Lope Balboa, muerto por su rey y por la verdadera religión en Flandes. Mi honra y la vida del hombre al que más respetaba en el mundo estaban en el alero. También lo estaba mi propia vida; pero a tales alturas de la existencia, educado desde los doce años en el áspero mundo de la germanía y de la guerra, yo había puesto demasiadas veces mi existencia al albur de una tabla, y poseía el fatalismo de quien respira sabiendo lo fácil que es dejar de hacerlo. Demasiados se habían ido ante mis ojos por la posta entre blasfemias, llantos, oraciones o silencios, desesperados unos y resignados otros, como para que morir se me antojara algo extraordinario, o terrible. Además, yo pensaba que existía otra vida más allá de ésta, donde Dios, mi buen padre y los viejos camaradas estarían aguardándome con los brazos abiertos. En cualquier caso, con otra existencia o sin ella, había aprendido que la muerte es el acontecimiento que a hombres como el capitán Alatriste termina siempre por darles la razón.

Ésas eran mis reflexiones sentado en los escalones de la Lonja, cuando vi pasar a lo lejos al capitán en compañía del contador Olmedilla. Caminaban junto a la muralla de los Alcázares, hacia la Casa de Contratación. Mi primer impulso fue correr a su encuentro; pero me contuve, limitándome a observar la delgada figura de mi amo, que iba silencioso, las anchas alas del chapeo sobre el rostro, la espada balanceándose al costado, junto a la presencia enlutada del funcionario.

Los vi perderse tras una esquina y seguí sentado donde estaba, inmóvil, los brazos en torno a las rodillas. Después de todo, concluí, la cuestión era simple. Aquella noche tocaba decidir entre hacerme matar solo, o hacerme matar junto al capitán Alatriste.

Fue el contador Olmedilla quien propuso detenerse en una taberna, y Diego Alatriste asintió no sin sorpresa. Era la primera vez que Olmedilla se mostraba locuaz, o sociable. Pararon en la taberna del Seisdedos, detrás de las Atarazanas, y descansaron en una mesa a la puerta, bajo el soportal y el toldo que protegía del sol. Alatriste se destocó, dejando su fieltro sobre un taburete. Una moza les sirvió un cuartillo de vino de Cazalla de la Sierra y un plato de aceitunas moradas, y Olmedilla bebió con el capitán. Cierto es que apenas probó el vino, dando a su jarra sólo un breve tiento, pero antes de hacerlo miró largamente al hombre que tenía a su lado. Su ceño parecía aclararse un poco.

—Bien jugado —dijo.

El capitán estudió las facciones secas del contador, su barbita, la piel apergaminada y amarillenta que parecía contaminada por las velas con que se alumbraba en los despachos.

No respondió, limitándose a llevarse el vino a los labios y beber, él sí, un largo trago que vació la jarra. Su acompañante seguía mirándolo con curiosidad.

—No me engañaron sobre vuestra merced –dijo al fin.

—Lo del genovés era fácil –repuso Alatriste, sombrío.

Luego calló. He hecho otras cosas menos limpias, decía aquel silencio. Olmedilla parecía interpretarlo de forma adecuada, porque asintió despacio, con el gesto grave de quien se hace cargo y por delicadeza no pretende ir más allá de lo dicho. En cuanto al genovés y su criado, en ese momento se hallaban maniatados y amordazados dentro de un coche que los conducía fuera de Sevilla, con destino desconocido para el capitán –ni lo sabía ni tenía interés por averiguarlo–, con una escolta de alguaciles de aspecto patibulario que Olmedilla debía de tener prevenidos muy de antemano, pues aparecieron en la calle del Mesón del Moro como por arte de magia, acallada la curiosidad de los vecinos con las palabras mágicas Santo Oficio, antes de esfumarse muy discretamente con sus presas en dirección a la puerta de Carmona.

Olmedilla se desabotonó el jubón y extrajo un papel doblado, con sello de lacre. Tras mantenerlo un momento en la mano, como si venciera sus últimos escrúpulos, lo puso al fin sobre la mesa, ante el capitán.

—Es una orden de pago –dijo–. Vale al portador por cincuenta doblones viejos de oro, de dos caras... Puede hacerse efectiva en casa de don Joseph Arenzana, en la plaza de San Salvador. Nadie hará preguntas.

Alatriste miró el papel, sin tocarlo. Los doblones de dos caras eran la más codiciada moneda que podía encontrarse en ese tiempo. Habían sido batidos en oro fino hacía más de un siglo, cuando los Reyes Católicos, y nadie discutía su valor al hacerlos sonar sobre una mesa. Conocía a hombres capaces de acuchillar a su madre por una de aquellas piezas.

–Habrá seis veces esa suma –añadió Olmedilla– cuando todo haya terminado.

–Bueno es saberlo.

El contador contempló pensativo su jarra de vino. Una mosca nadaba en ella, haciendo ímprobos esfuerzos por liberarse.

–La flota llega dentro de tres días –dijo, atento a la agonía de la mosca.

–¿Cuántos hombres hacen falta?

Olmedilla señaló con un dedo manchado de tinta la orden de pago.

–Eso lo decide vuestra merced. Según el genovés, el *Niklaasbergen* lleva veintitantos marineros, capitán y piloto... Todos flamencos y holandeses, excepto el piloto. Puede que en Sanlúcar suban algunos españoles con la carga. Y sólo disponemos de una noche.

Alatriste hizo un cálculo rápido.

–Doce, o quince. Los que puedo conseguir con este oro harán de sobras el avío.

Olmedilla movió la mano, evasivo, dando a entender que el avío de Alatriste no era asunto suyo.

–Deberéis –dijo– tenerlos listos la noche anterior. El plan consiste en bajar por el río, llegando a Sanlúcar al atardecer siguiente –hundió el mentón en la golilla, como para considerar si olvidaba algo–... Yo iré también.

–¿Hasta dónde?

–Ya veremos.

El capitán lo miró sin ocultar su sorpresa.

–No será un lance de tinta y papel.

–Da lo mismo. Tengo obligación de comprobar la carga y organizar su traslado, una vez el barco esté en nuestras manos.

Ahora Alatriste disimuló una sonrisa. No imaginaba al contador entre gente de la calaña que pensaba reclutar; pero comprendía que desconfiara en negocio como aquel. Tanto oro de por medio resultaba una tentación, y era fácil que algún lingote pudiera distraerse en el camino.

–Excuso decir –apuntó el contador– que cualquier desvarío significa la horca.

–¿También para vuestra merced?

–Puede que también para mí.

Alatriste se pasó un dedo por el mostacho.

–Barrunto que vuestro salario –dijo con ironía– no incluye esa clase de sobresaltos.

–Mi salario incluye cumplir con mi obligación.

La mosca había dejado de moverse, y Olmedilla continuaba mirándola. El capitán se puso más vino en la jarra. Mientras bebía, vio que el otro levantaba de nuevo los ojos hacia él para contemplar, interesado, las dos cicatrices de su frente, y luego su brazo izquierdo, donde la manga de la ca-

misa ocultaba la quemadura bajo el vendaje. Que por cierto,
dolía como mil diablos. Al fin Olmedilla frunció otra vez el
entrecejo, cual si llevara rato dándole vueltas a un pensamiento que dudaba formular en voz alta.

–Me pregunto –dijo– qué habría hecho vuestra merced si
el genovés no se hubiera dejado impresionar.

Alatriste paseó la vista por la calle; el sol que reverberaba
en la pared frontera le hacía entornar los ojos,
acentuando su expresión inescrutable.
Después miró la mosca ahogada en
el vino de Olmedilla, siguió
bebiendo del suyo,
y no dijo nada.

V. EL DESAFÍO

as columnas de Hércules, altas de dos alabardas y recortadas en la claridad lunar, destacaban frente a la Alameda. Las copas de los olmos se extendían detrás hasta perderse de vista, oscureciendo la noche bajo sus enramadas. A esa hora no paseaban carruajes con damas elegantes, ni los caballeros sevillanos hacían caracolear sus caballos entre los setos, las fuentes y los estanques. Sólo se oía el sonido del agua en los caños, y a veces, en la distancia, un perro aullaba inquieto hacia la Cruz del Rodeo.

Me detuve junto a una de las gruesas columnas de piedra y escuché, contenido el aliento. Tenía la boca tan seca como si la hubiesen espolvoreado con arena, y los pulsos me latían con tal fuerza en las muñecas y las sienes, que si en ese momento hubieran abierto mi corazón, no habrían hallado dentro una gota. Observando con aprensión la Alameda, aparté el herreruelo de bayeta que llevaba sobre los hombros, para desembarazar la empuñadura de la espada metida en el cinto de cuero. Su peso, junto al de la daga, me aportaba un singular consuelo en aquella soledad. Luego fui repasando las presillas del coleto de piel de búfalo que me cubría el torso. Era del capitán Alatriste, y lo había sacado con mucho sigilo aprovechando que él estaba abajo con don Francisco de Quevedo y con Sebastián Copons, y que los tres cenaban, bebían y hablaban de Flandes. Había fingido una indisposición retirándome pronto para hacer los preparativos que tenía ingeniados tras pasar todo el día discurriendo. De ese modo me lavé bien la cara y el pelo, poniéndome una camisa limpia por si al acabar la jornada algún trozo de esa camisa terminaba dentro de mi carne. El coleto del capitán me venía grande, así que colmé la diferencia colocando debajo mi viejo juboncillo de mochilero, relleno de estopa. Completé el atavío con unas remendadas calzas de gamuza que habían sobrevivido al sitio de Breda –buenas para proteger los muslos de posibles cuchilladas–, borceguíes de suela de esparto, polainas y montera. No era traza aquella de galantear damas, pensé mirándome en el reflejo de una olla de cobre. Pero más vale parecer un rufián vivo que terminar siendo un lindo muerto.

Había salido con mucho tiento, el coleto y la espada disimulados en el herreruelo. Sólo don Francisco me había visto de lejos un momento, dirigiéndome una sonrisa mientras proseguía la charla con el capitán y Copons, que por suerte se hallaban de espaldas a la puerta. Una vez en la calle me aderecé de modo conveniente mientras caminaba hasta la plaza de San Francisco; y de allí, esquivando las vías más transitadas, seguí lo mejor que pude las inmediaciones de la calle de las Sierpes y la del Puerco hasta desembocar en la desierta Alameda.

Aunque no tan desierta, después de todo. Una mula relinchó bajo los olmos. Busqué, sobrecogido, y cuando mis ojos se acostumbraron a la oscuridad del bosquecillo, advertí la forma de un coche detenido junto a una de las fuentes de piedra. Anduve muy cauto, la mano en el puño de la espada, hasta percibir la amortiguada claridad de un farol tapado que iluminaba el interior del carruaje. Y paso a paso, cada vez más despacio, llegué junto al estribo.

—Buenas noches, soldado.

Aquella voz me privó de la mía e hizo que temblase la mano que apoyaba en el puño de la espada. Quizá no era una trampa, después de todo. Quizá era cierto que ella me amaba y que estaba allí, aguardándome según su promesa. Había una sombra masculina arriba, en el pescante, y otra en la trasera del coche: dos criados silenciosos velaban por la menina de la reina.

—Celebro comprobar que no sois un cobarde —susurró Angélica.

Me quité la montera. La luz del farol tapado apenas permitía distinguir los contornos en la penumbra, pero bastaba para alumbrar el tapizado interior, los reflejos de oro en sus cabellos, el raso del vestido cuando se movía en el asiento. Abandoné toda precaución. La portezuela estaba abierta, y fui a apoyarme en el estribo. Un perfume delicioso me envolvió como una caricia. Ese aroma, pensé, lo lleva ella sobre la piel, y la dicha de aspirarlo merece aventurar la vida.

–¿Venís solo?

–Sí.

Hubo un largo silencio. Cuando habló de nuevo, su tono parecía admirado.

–Sois muy estúpido –dijo– o sois muy hidalgo.

Callé. Era demasiado feliz para estropear ese momento con palabras. La penumbra permitía adivinar el reflejo de sus ojos. Seguía mirándome sin decir nada. Yo rozaba el raso de su falda.

–Dijisteis que me amabais –murmuré por fin.

Hubo otro larguísimo silencio, interrumpido por el relincho impaciente de las mulas. Oí cómo el cochero se agitaba en el pescante, serenándolas con un chasquido de las riendas. El postillón de la trasera seguía siendo un borrón inmóvil.

–¿Eso dije?

Quedó callada un instante, cual si realmente hiciera memoria de lo conversado por la mañana, en los Alcázares.

–Tal vez sea cierto –concluyó.

–Yo os amo a vos –declaré.

–¿Por eso estáis aquí?

–Sí.

Inclinaba su rostro hacia el mío. Juro por Dios que podía sentir el roce de sus cabellos en mi cara.

–En tal caso –susurró– eso merece su recompensa.

Posó una mano en mi cara con dulzura infinita, y de pronto sentí sus labios oprimir los míos. Los tuve en la boca, suaves y frescos, por un momento. Luego ella se retiró al fondo del coche.

–Es sólo un adelanto de mi deuda –dijo–. Si sois capaz de manteneros vivo, podréis reclamar el resto.

Dio una orden al cochero y éste hizo chasquear el látigo. El carruaje se puso en marcha, alejándose. Y yo me quedé estupefacto, la montera en una mano, los dedos de la otra tocando incrédulos la boca que Angélica de Alquézar había besado. El universo giraba enloquecido en torno a mi cabeza, y tardé un rato largo en recobrar la cordura.

Entonces miré alrededor y vi las sombras.

Salían de la oscuridad, entre los árboles. Siete bultos oscuros, hombres embozados con capas y sombreros. Se acercaron tan despacio como si dispusieran de todo el tiempo del mundo, y yo sentí que bajo el coleto de búfalo se me erizaba la piel.

–Voto a Dios, que sólo es el rapaz –dijo una voz.

Esta vez no hacía *tirurí-ta-ta,* pero reconocí en el acto su metal chirriante, ronco y roto. Provenía de la sombra más cercana, que me pareció muy alta y muy negra. Todos se ha-

bían detenido a mi alrededor, cual si no supieran qué hacer
conmigo.

–Tanta red –añadió la voz– para pescar una sardina.

Aquel desdén obró la virtud de calentar mi sangre y devolverme el aplomo. El pánico que empezaba a invadirme
desapareció de golpe. Tal vez aquellos embozados no sabían
qué hacer con la sardina, pero ésta llevaba todo el día entre cavilaciones, preparándose por si ocurría exactamente lo
que acababa de ocurrir. Cualquier desenlace, incluso el peor
de ellos, había sido pesado, sopesado y asumido cien veces
en mi imaginación, y yo estaba listo. Sólo me habría gustado
disponer de tiempo para un acto de contricción en regla,
mas para eso no quedaba espacio. Así que solté el fiador del
herreruelo, inspiré profundamente, me persigné y saqué la
espada. Lástima, pensaba entristecido, que el capitán Alatriste no pueda verme ahora. Le habría gustado saber que el
hijo de su amigo Lope Balboa también sabe morir.

–Vaya –dijo Malatesta.

Su comentario se quebró en un sobresalto cuando afirmé
los pies y le tiré una estocada que le pasó la capa, y no se lo
llevó a él por delante a cuenta de una pulgada. Saltó atrás
para esquivarme, y todavía pude largarle otra cuchillada de
revés, con los filos, antes de que empuñara su espada. Salió
ésta con siniestro siseo de la vaina, y vi relucir su hoja mientras el italiano tomaba distancia para darse tiempo a soltar la
capa y afirmarse en guardia. Sintiendo que se me escapaba
entre los dedos la última oportunidad, metí pies con decisión, cerrándole de nuevo; y a punto de perder la compostu-

ra, pero todavía dueño de mí, alcé el brazo con violencia para asestarle un golpe falso a la cabeza, pasé al otro lado, y con el mismo revés volví a donde comencé, de tajo, con tan afortunada mano que, de no llevar puesto el sombrero, mi enemigo habría despachado su alma para el infierno.

Gualterio Malatesta retrocedió dando traspiés mientras mascullaba sonoras blasfemias en italiano. Y entonces yo, cierto de que allí concluía mi ventaja, giré alrededor, la punta de la espada describiendo círculo, para dar cara a los otros que, sorprendidos al principio, habían al fin metido mano a sus herreruzas y me cercaban sin consideración ninguna. Aquello estaba visto para sentencia, tan claro como la luz del día que yo no iba a ver nunca más. Pero no era mal modo de acabar para uno de Oñate, pensé atropelladamente mientras sacaba la daga, cubriéndome también con ella en la mano zurda. Uno contra siete.

—Para mí —los detuvo Malatesta.

Venía rehecho y firme, la espada por delante, y supe que apenas me quedaban unos instantes de vida. Así que en vez de esperarlo afirmado en guardia, que era lo impuesto por la verdadera destreza, hice como que me retiraba, y de pronto me agaché a medias, saltando a matar como una liebre y buscándole el vientre. Cuando reparé al fin, mi acero no había perforado más que aire, Malatesta estaba inexplicablemente a mi espalda, y yo tenía una cuchillada en un hombro, en la juntura del coleto, por la que asomaba la estopa del juboncillo que llevaba debajo.

—Te vas como un hombre, rapaz —dijo Malatesta.

Había cólera y también admiración en su voz; pero yo
había pasado aquel punto sin retorno en que huelgan las palabras, y se me daba una higa su admiración, su cólera o su
desprecio. Así que me revolví sin decir nada, como había
visto hacer tantas veces al capitán Alatriste: flexionadas las
piernas, la daga en una mano y la espada en la otra, reservan-
do el aliento para la última acometida. Lo que más ayuda a
bien morir, le había oído decir una vez al capitán, es saber
que has hecho cuanto está en tu mano para evitarlo.

Entonces, detrás de las sombras que me cercaban, sonó
un pistoletazo, y el resplandor de un tiro iluminó el contorno de mis enemigos. Aún no caía uno de ellos al suelo cuando otro fogonazo alumbró la Alameda, y a su luz pude ver
al capitán Alatriste, a Copons y a don Francisco de Quevedo, que espadas en mano cerraban sobre nosotros como si
salieran de las entrañas de la tierra.

Vive Cristo que fue lo que fue. La noche se volvió torbe-
llino de cuchilladas, repicar de aceros, chispazos y gritos.
Había dos cuerpos en el suelo y ocho hombres batiéndose
a mi alrededor, sombras confusas que se reconocían a ratos
y por la voz, y se daban estocadas entre empujones, traspiés y revuelo de capas. Afirmé mi acero en la diestra y fui
sin rodeos contra el que me pareció más próximo; y en aquella confusión, con una facilidad de la que yo era el primer
sorprendido, le metí muy resuelto una buena cuarta de hoja

por la espalda. Clavé, desclavé, revolvióse el herido con un aullido –supe así que no era Malatesta–, y tiróme un tajo feroz que pude parar con la daga, aunque rompió las guardas de ella y me lastimó los dedos de la zurda. Fui sobre él echando atrás el brazo, la punta por delante, sentí una cuchillada en el coleto, y, sin hacer reparo, trabé su hoja entre el codo y el costado para sujetarla mientras le clavaba otra vez la espada, entrándosela bien adentro esta vez, de suerte que se fue al suelo y yo con él. Alcé la daga para acabarlo allí mismo, pero ya no se movía y su garganta soltaba el estertor rauco de quien se ahoga en su propia sangre. Así que, de rodillas sobre su pecho, desclavé el acero y volví a la pelea.

Todo estaba ahora más parejo. Copons, al que conocí por su baja estatura, estrechaba a un adversario al que oí jurar de modo atroz entre tajo y tajo, y que de pronto cambió los juramentos por gemidos de dolor. Don Francisco de Quevedo cojeaba de aquí para allá entre dos adversarios que no le daban la talla, batiéndose tan bien como solía. Y el capitán Alatriste, que había buscado a Malatesta en mitad de la refriega, se enfrentaba con éste algo más lejos, junto a una de las fuentes de piedra. El espejeo de la luna en el agua recortaba sus siluetas y sus aceros, metiendo pies y rompiendo distancia, con tretas y fintas y espantosas estocadas. Observé que el italiano había dejado a un lado su locuacidad y su maldito silbido. La noche no estaba para perder resuello en gollerías.

Una sombra se interpuso. El brazo me dolía de tanto moverlo, y empezaba a acusar la fatiga. Comenzaron a llover estocadas de punta y de tajo, y retrocedí cubriéndome lo mejor que supe, que no fue malo. Mi recelo era dar con los pies en uno de los estanques que yo sabía cerca y a mi espalda, aunque siempre era más saludable un remojón que una mojada. Pero me vi desembarazado del dilema cuando Sebastián Copons, libre de su adversario, se vino sobre el mío, obligándolo a atender dos frentes a la vez. El aragonés se batía como una máquina, estrechando al otro y forzándolo a prestarle más atención que a mí. Eso me resolvió a deslizarme a su costado e intentar acuchillarlo con el siguiente golpe de Copons. E iba a hacerlo, cuando por el hospital del Amor de Dios, más allá de las columnas de piedra, asomaron luces y voces de ténganse a fe, ténganse a la Justicia del rey.

–¡Gurullada habemos! –masculló Quevedo entre dos estocadas.

El primero que puso pies en polvorosa fue el acosado por Copons y por mí, y en un *ite misa est* también don Francisco se vio solo. De los contrarios quedaban tres en el suelo, y un cuarto se alejaba gimiendo dolorido, arrastrándose entre los arbustos. Fuimos hacia el capitán, y al llegar junto a la fuente lo vimos inmóvil, el acero todavía en la mano, mirando las sombras por donde se había desvanecido Gualterio Malatesta.

–Vámonos –dijo Quevedo.

Las luces y las voces de los alguaciles estaban cada vez más cerca. Seguían apellidando al rey y a la Justicia; pero venían sin prisas, recelando de malos encuentros.

–¿E Íñigo? –preguntó el capitán, aún vuelto hacia donde había huido su enemigo.

–Íñigo está bien.

Fue entonces cuando Alatriste se giró a mirarme. Creí advertir sus ojos fijos en mí con el tenue resplandor de la luna.

–Nunca más hagas eso –dijo.

Juré que nunca más lo haría. Luego recogimos nuestros sombreros y capas, y echamos a correr bajo los olmos.

Han pasado muchos años desde entonces. Con el tiempo, cada vez que vuelvo a Sevilla encamino mis pasos a aquella Alameda –que permanece casi igual a como la conocí–, y allí me dejo, una y otra vez, envolver por los recuerdos. Hay lugares que marcan la geografía de la vida de un hombre; y ése fue uno de ellos, como lo fueron el portillo de las Ánimas, las cárceles de Toledo, las llanuras de Breda o los campos de Rocroi. Entre todos, la Alameda de Hércules ocupa un lugar especial. Sin advertirlo, yo había cuajado en Flandes; pero no lo supe hasta aquella noche, en Sevilla, cuando me vi solo frente al italiano y sus esbirros, empuñando una espada. Angélica de Alquézar y Gualterio Malatesta, sin proponérselo, me hicieron la merced de que tomara conciencia de eso. Y de tal modo aprendí que es fácil batirse cuando están cerca los camaradas, o cuando te observan los ojos de la mujer a la que amas, dándote vigor y coraje. Lo difícil es pelear solo en la oscuridad, sin más testigo que tu honra y tu conciencia. Sin premio y sin esperanza.

Ha sido un largo camino, pardiez. Todos los personajes de esta historia, el capitán, Quevedo, Gualterio Malatesta, Angélica de Alquézar, murieron hace mucho; y sólo en estas páginas puedo hacerlos vivir de nuevo, recobrándolos tal y como fueron. Sus sombras, entrañables unas y destestadas otras, permanecen intactas en mi memoria, con aquella época bronca, violenta y fascinante que para mí será siempre la España de mi mocedad, y la España del capitán Alatriste. Ahora tengo el pelo gris, y una memoria tan agridulce como lo es toda memoria lúcida, y comparto el singular cansancio que todos ellos parecían arrastrar consigo. Con el paso de los años también yo aprendí que la lucidez se paga con la desesperanza, y que la vida del español fue siempre un lento camino hacia ninguna parte. Recorriendo mi espacio de ese camino perdí muchas cosas, y gané algunas otras. Ahora, en este viaje que para mí sigue siendo interminable –a veces rozo la sospecha de que Íñigo Balboa no morirá nunca–, poseo la resignación de los recuerdos y los silencios. Y al fin comprendo por qué todos los héroes que admiré en aquel tiempo eran héroes cansados.

Apenas dormí esa noche. Tumbado en mi jergón, oía la respiración pausada del capitán mientras veía la luna ocultarse en un ángulo de la ventana abierta. La frente me ardía como si tuviera cuartanas, y el sudor empapaba las sábanas alrededor de mi cuerpo. De la mancebía cercana llegaba a veces una risa de mujer o las notas sueltas de una guitarra.

Destemplado, incapaz de conciliar el sueño, me levanté descalzo y fui hasta la ventana, acodándome en el alféizar. La luna daba a los tejados una apariencia irreal, y la ropa tendida en las terrazas pendía inmóvil como blancos sudarios. Naturalmente, pensaba en Angélica.

No oí al capitán Alatriste hasta que estuvo a mi lado. Iba en camisa, descalzo como yo. Se quedó también mirando la noche sin decir nada, y observé de soslayo su nariz aquilina, los ojos claros absortos en la extraña luz de afuera, el frondoso mostacho que acentuaba su perfil formidable de soldado.

–Ella es fiel a los suyos –dijo al fin.

Ese *ella* en su boca me hizo estremecer. Luego asentí sin decir palabra. Con mis pocos años, habría discutido cualquier concepto sobre el particular; pero no aquel, tan inesperado. Yo podía comprender eso.

–Es natural –añadió.

No supe si se refería a Angélica o a mis propios y encontrados sentimientos. De pronto sentí una desazón que me subía por el pecho. Una extraña congoja.

–La amo –murmuré.

Tuve una intensa vergüenza apenas lo dije. Pero el capitán ni se burló de mí, ni hizo comentarios ociosos. Permanecía inmóvil, contemplando la noche.

–Todos amamos alguna vez –dijo–. O varias veces.

–¿Varias?

Mi pregunta pareció cogerlo a contrapié. Calló un momento, cual si considerase que era su obligación añadir algo más, pero no supiera muy bien qué. Carraspeó. Lo notaba moverse cerca, incómodo.

–Un día deja de ocurrir –añadió al fin–. Eso es todo.

–Yo la amaré siempre.

El capitán tardó un instante en responder.

–Claro –dijo.

Se quedó un rato callado y luego lo repitió en voz muy baja:

–Claro.

Sentí que alzaba la mano para ponérmela en el hombro, del mismo modo que había ocurrido en Flandes el día que Sebastián Copons degolló al holandés herido tras el combate del molino Ruyter. Pero esta vez dejó sin acabar el gesto.

–Tu padre...

También dejó esa frase en el aire, sin concluirla. Tal vez, pensé, buscaba decirme que a Lope Balboa, su amigo, le habría gustado verme aquella noche espada y daga en mano, solo frente a siete hombres, con dieciséis años apenas cumplidos. O escuchar a su hijo diciendo que estaba enamorado de una mujer.

–Estuviste bien antes, en la Alameda.

Me sonrojé de orgullo. En boca del capitán Alastriste, aquellas palabras valían el rescate de un genovés. El cubríos de un rey.

–Sabía que era una trampa –dije.

Por nada del mundo estaba dispuesto a que creyera que había ido a meterme en la celada como un mochilero pardillo. El capitán movió la cabeza, tranquilizándome.

–Sé que lo sabías. Y sé que la trampa no era para ti.

–Angélica de Alquézar –dije, con cuanta firmeza pude– sólo es asunto mío.

Ahora se quedó callado mucho rato. Yo miraba por la ventana, el aire obstinado, y el capitán me observaba en silencio.

–Claro –volvió a decir al fin.

Las escenas recientes de aquella jornada se agolpaban en mi cabeza. Me toqué la boca, donde ella había apoyado sus labios. Podrás cobrar el resto de la deuda, había dicho. Si sobrevives. Luego palidecí al recordar las siete sombras saliendo de la oscuridad, bajo los árboles. Aún me dolía el hombro de la cuchillada que habían parado el coleto del capitán y mi juboncillo de estopa.

–Algún día –murmuré, casi pensando en voz alta– mataré a Gualterio Malatesta.

Oí reír a mi lado al capitán. No había burla de por medio, ni desdén por mi arrogancia de mozo. Era una risa contenida, en voz baja. Afectuosa y suave.

–Es posible –dijo–. Pero antes debo intentar matarlo yo.

Al día siguiente plantamos nuestra bandera imaginaria y empezamos la recluta. Lo hicimos sin enseñas ni redoble de cajas ni sargentos, sino con la mayor discreción del mundo. Y para el tipo de gente que el lance requería, Sevilla era lugar que ni pintado. Si hacemos cuenta que del hombre el primer padre fue ladrón, la primera madre mentirosa y el primer hijo asesino –¿qué hay ahora que antes no hubo?–, todo ello se confirmaba en aquella ciudad rica y turbulenta, donde de los diez mandamientos, el que no se quebrantaba era hendido a cuchilladas. Allí, en tabernas, mancebías y garitos, en el corral de los Naranjos de la Iglesia Mayor y en la misma cárcel real, que era con justo título capital del hampa de las Españas, abundaban los tratantes en pescuezos y mercaderes de estocadas; lo que resultaba cosa natural en una urbe poblada de gentilhombres de fortuna, hidalgos de rapiña y caballeros que vivían del milagro sin cuidado de abril ni recelo de mayo, profesos en la regla de Monipodio, donde jueces y alguaciles se acallaban con mordaza de plata. Un aula magna, en fin, de los mayores bellacos que Dios crió, llena de iglesias para acogerse en sagrado, donde se mataba al fiado por un ochavo, por una mujer o por una palabra.

> *Quien vio a Gonzalo Xeniz,*
> *y a Gayoso y a Ahumada,*
> *hendedores de personas*
> *y pautadores de caras...*

La cuestión era que en una Sevilla de aquella España donde todo se llevaba con fieros y poca vergüenza, entre tanto matarife profeso no pocos lo eran de boquilla, de esos mancebos de la carda que menudeaban en juramentos de valentía, y entre brindis y brindis despachaban de parola a veinte o treinta a caballo; voceadores de hombres que no mataron y de guerras donde no sirvieron, que alardeaban de liquidar lo mismo al natural que de cuchillada o de tajo, pavoneándose con sombreros injertos de guardasol, coletos de ante, zambos de piernas, mirar negro, barbas de gancho y bigotazos como gavilanes de daga, pero que a la hora de la verdad no eran capaces de afufar entre veinte a un corchete metido en uvas, y se derrotaban en el potro a la primera vuelta de cordel. De manera que resultaba preciso conocer el paño, como lo conocía el capitán Alatriste, para no dejarse encandilar por la flor de tanta sota de espadas. Así empezó la leva fiado en su buen ojo, por las tabernas del barrio de La Heria y de Triana, a la busca de viejos conocidos con pronta mano y poca lengua, bravos de verdad y no de entremés de comedia; de esos que mataban sin dar tiempo a confesión, para que no terciase soplo a la Justicia. Y que, puestos a las ansias del digan cuántos, apretados por el verdugo, daban por fiadores su garganta o sus espaldas, tornábanse mudos salvo para decir nones o Iglesia me llamo, y no daban información ni para recibir un hábito de Calatrava:

> *Maestro era de esgrima Alonso Fierro,*
> *de espada y daga y diestro a maravilla;*
> *rebanaba pescuezos en Sevilla*
> *tarifando a doblón por cada entierro.*

Precisamente en lo de llamarse a iglesia, o antana, para quedar a salvo de la Justicia, Sevilla contaba con el más famoso refugio del mundo en el corral de los Naranjos de la catedral, cuyo renombre y utilidad quedan meridianos con aquello otro de:

> *Salí de Córdoba huyendo,*
> *llegué a Sevilla cansado.*
> *Híceme allí jardinero*
> *del corral de los Naranjos.*

Era el patio de la Iglesia Mayor el de la antigua mezquita árabe, del mismo modo que la torre de la Giralda correspondía al antiguo minarete de los moros. Espacioso y ameno por su fuente central y los naranjos que lo poblaban y le daban nombre, el famoso corral se abría por su puerta principal al embaldosado de mármol que, cerrado con cadenas, se alzaba en gradas alrededor del templo, y que durante el día era lugar de paseo para la vida ociosa y malandrina, y mentidero de la ciudad al modo de las gradas de San Felipe de Madrid. El corral, por su carácter de recinto sagrado, era lugar elegido como asilo por rufianes, valentones y malhechores retraídos de la Justicia, que allí hacían vida libre campando a sus anchas, visitados por sus coimas y camaradas tanto de día como de noche, y no aventurándose por la ciudad los más reclamados sino en cuadrilla numerosa, de manera que ni los mismos alguaciles osaban hacerles frente. El lugar fue descrito por las plumas mejor cortadas de las letras españolas, desde el gran don Miguel de Cervantes al mismo don Francisco de Quevedo; así que excuso abundar en la materia. No hay novela de pícaros, relación de soldado ni jácara que no mencione Sevilla y el corral de los Naranjos. Sólo traten de imaginar vuestras mercedes el ambiente que se barajaba en ese lugar legendario, tan próximo a las Alcaicerías y a la Lonja, con los retraídos, y el mundo del hampa que allí se amontonaba como chinches en costura.

Acompañé al capitán en su recluta, y nos llegamos al corral de día y con buena luz, cuando era fácil reconocer las caras. En las gradas de la entrada principal latía el pulso de aquella Sevilla variopinta y a ratos feroz. A esa hora las gradas hormigueaban de ociosos, mercaderes de baratillo, paseantes, pícaros, tapadas de medio ojo, niñas del agarro encubiertas con vieja y pajecillo, murciadores diestros en la presa, mendigos y oficiales de la hoja. Entre la gente, un ciego vendía pliegos de cordel voceando la relación de la muerte de Escamilla:

> *Era el bravo Escamilla*
> *prez y honra de Sevilla...*

Media docena de valentones congregados bajo el arco de la puerta principal asentían aprobadores al oír los turbulentos detalles sobre el legendario matachín, nata de la jácara local. Pasamos junto a ellos al entrar al patio, y no se me escapó la mirada curiosa que el grupo dirigió al capitán Alatriste. En el interior, la sombra de los naranjos y la amena fuente cobijaban a una treintena de prójimos calcados a los de la puerta. Era aquélla lonja de aceros donde se descartaban hombres de palabra y se daban pólizas de vida al quitar. Allí, el que menos estaba retraído por abrirle a alguien una zanja de a palmo en la cara, o por aliviar almas de su corrupta materia. Cargaban más hierro que un espadero toledano, y todo eran coletos de cordobán, botas vueltas y sombreros de mucha falda, bigotazos y andares zambos. Por lo demás parecía campamento de gitanos, con fueguecillos para calentar pucheros, mantas por el suelo, hatillos, esteras donde dormitaban algunos, y un par de tablas de juego, una de naipes y otra de Juan Tarafe, donde varios menudeaban de un jarro mientras se jugaban hasta el alma que ya tenían empeñada al diablo cuando los destetaron. Algunos rufos se hallaban en estrecha conversación con sus hembras, jóvenes unas y otras no tanto, pero todas cortadas por el patrón del medio manto, carihartas y gananciosas que allí daban razón de los reales ganados con tantos trabajos por las esquinas sevillanas.

Alatriste se detuvo junto a la fuente y echó un vistazo. Yo estaba tras él, fascinado por cuanto veía. Una daifa de aire bravo, con el manto terciado al hombro como para acuchillar, lo saludó de buen mozo con desenfado y desvergüenza; y al oírla, dos jaques que tiraban los dados en una de las tablas se levantaron despacio, mirándonos atravesados. Vestían de natural a lo valentón, con cuellos muy abiertos de valona, medias de color y tahalís de un palmo de ancho con descomunales herreruzas. El más joven llevaba un pistolete en lugar de daga y una rodela de corcho colgada de la pretina.

–¿En qué podemos servir a vuacé? –preguntó uno.

El capitán los encaraba muy tranquilo, los pulgares en el cinto, el sombrero arriscado sobre la cara.

–Vuestras mercedes, en nada –dijo–. Busco a un amigo.

–A lo mejor lo conocemos –dijo el otro jaque.

–Puede –repuso el capitán, y dio una ojeada en torno.

Los dos fulanos se miraron el uno al otro. Un tercero que rondaba cerca se aproximó, curioso. Observé de reojo al capitán, pero lo vi muy frío y muy sereno. Aquel era también su mundo, a fin de cuentas. Tocaba la cuerda como el que más.

–A lo mejor vuacé desea... –empezó a decir uno.

Sin hacerle más caso, Alatriste siguió adelante. Le fui detrás sin perder de vista a los rufos, que cuchicheaban en voz baja decidiendo si aquello era desaire, y si como tal convenía darle o no a mi amo unas pocas puñaladas por la espalda. No debieron ponerse de acuerdo, pues así quedó la cosa. El capitán miraba ahora hacia un grupo sentado a la sombra junto al muro, donde tres hombres y dos mujeres parecían en animada conversación echándole tientos a una bota de cuero de por lo menos dos arrobas. Entonces vi que sonreía.

Se acercó al grupo, y fui con él. Según nos veían llegar fueron cesando los otros en su conversación, el aire receloso. Uno de los bravos era muy moreno de tez y pelo, con enormes patillas que le llegaban hasta las quijadas. Tenía un par de marcas en la cara que no eran precisamente de nacimiento, y manos gordas de uñas negras y remachadas. Vestía de mucho cuero, con una espada ancha y corta a modo de las del perrillo, y adornaba sus gregüescos de lienzo basto con unos insólitos lazos verdes y amarillos. Se quedó mirando a mi amo según éste llegaba, sentado como estaba, a la mitad de unas palabras.

–Que me cuelguen en la ele de palo –dijo al fin, boquiabierto– si no es el capitán Alatriste.

–Lo que me extraña, señor don Juan Jaqueta, es que no os hayan colgado todavía.

El bravo soltó dos blasfemias y una carcajada y se puso en pie sacudiéndose los calzones.

–¿De dónde sale vuesamerced? –preguntó, estrechando la mano que el capitán le tendía.

–De por ahí.

–¿También andáis retraído?

–De visita.

–Por la sangre de Cristo, que me huelgo de veros.

Requirió alegremente el tal Jaqueta el cuero de vino a sus compadres, corrió éste como era debido, e incluso yo caté mi parte. Tras cambiar recuerdos de amigos comunes y algún lance compartido –supe así que el bravonel había sido soldado en Nápoles, y no de los malos, y que el propio Alatriste había estado acogido en ese mismo corral tiempo atrás–, nos alejamos un poco aparte. Sin rodeos, el capitán le dijo al otro que había un asunto para él. De lo suyo y con oro por delante.

–¿Aquí?

–En Sanlúcar.

Desolado, el bravo hizo un gesto de impotencia.

—Si fuera algo fácil y de noche, no hay problema —explicó—.
Pero no puedo pasearme mucho, porque hace una semana le
di una hurgonada a un mercader, cuñado de un canónigo de
la catedral, y tengo a la gura encima.

—Eso puede arreglarse.

Jaqueta miró a mi amo con mucha atención.

—Rediós. Ni que tuvieseis bula del arzobispo.

—Tengo algo mejor —el capitán se palpó el jubón—. Un documento que me autoriza a reclutar amigos poniéndolos en
salvo de la Justicia.

—¿Así, por las buenas?

—Como os lo cuento.

—No os va mal, por lo que veo —la atención del jaque se
había trocado en respeto—... El negocio es de mover las manos, imagino.

—Imagináis bien.

—¿Vuesamerced y yo?

—Y algunos más.

El bravo se rascaba las patillas. Dirigió una ojeada hacia el
corro de sus compadres y bajó la voz.

—¿Hay pecunia?

—Mucha.

—¿Con señal?

—Tres piezas de a dos caras.

Silbó el otro entre dientes, admirado.

—Vive Dios que me acomoda; porque los precios de nuestro oficio, señor capitán, están por los suelos... Ayer mismo

vino a verme alguien que pretendía una mojada al querido de su legítima por sólo veinte ducados... ¿Qué os parece?

–Una vergüenza.

–Y que lo digáis –el valentón se contoneaba, el puño en la cadera, muy puesto en bravo–. Así que le respondí que por esa tarifa lo más que cuadraba era un tajo de diez puntos en la cara, o como mucho de doce... Discutimos, no hubo arreglo, y a pique estuve de darle el hurgón al cliente, pero gratis.

Alatriste miraba alrededor.

–Para lo nuestro necesito gente de fiar... No matachines de pastel, sino espadas de las buenas. Poco amigos de cantarle coplas a un escribano.

Jaqueta movió afirmativo la cabeza, el aire entendido.

–¿Cuántos?

–Me cuadra la docena larga.

–Negocio grande, parece.

–No pretenderá vuestra merced que busque semejante jábega de marrajos para acuchillar a una vieja.

–Me hago cargo... ¿Hay mucho riesgo?

–Razonable.

El bravo arrugaba la frente, pensativo.

–Aquí casi todo es carroña –dijo–. La mayor parte sólo vale para desorejar mancos o darle cintarazos a sus hembras cuanto traen cuatro reales menos de jornal –señaló con disimulo a uno de su grupo–... Ése de ahí nos puede valer. Se llama Sangonera y también fue soldado. Crudo, con buena mano y mejores pies... También conozco a un mulato que está acogido en San Salvador: un tal Campuzano, fuerte y muy discreto, al que hace seis meses quisieron colocarle una muerte, que por cierto era suya y de algún otro, y aguantó cuatro tratos de cuerda como un hidalgo, porque es de los que saben que cualquier desliz de la lengua lo paga la gorja.

–Sabia prudencia –apuntó Alatriste.

–Además –prosiguió Jaqueta, filosófico–, las mismas letras tiene un no que un sí.

–Las mismas.

Alatriste miró al del corrillo sentado junto al muro. Reflexionaba.

–Valga por el tal Sangonera –dijo al cabo– si vuestra merced lo avala y a mí me convence su conversación... También le echaré un ojo al mulato, pero necesito más gente.

Jaqueta puso cara de hacer memoria.

–Hay algunos buenos camaradas más por Sevilla, como Ginesillo el Lindo o Guzmán Ramírez, que son gente de mucho cuajo... De Ginesillo os acordaréis seguro, porque despachó a un corchete que lo llamó puto en público hará cosa de diez o quince años, estando aquí vuesamerced.

–Me acuerdo del Lindo –confirmó Alatriste.

–Pues recordaréis también que se comió tres ansias sin pestañear ni dar el bramo.

–Es raro que aún no lo hayan asado, como suelen.

Jaqueta se echó a reír.

–Amén de mudo se ha vuelto muy peligroso, y no hay zarza con hígados para ponerle la mano encima... No sé dónde vive, pero seguro que estará velando esta noche a Nicasio Ganzúa en la cárcel real.

—No conozco al dicho Ganzúa.

En pocas palabras, Jaqueta puso al capitán al corriente. Ganzúa era uno de los más famosos bravos de Sevilla, terror de porquerones y lustre de tabernas, garitos y mancebías. Yendo por una calle estrecha, el coche del conde de Niebla lo había salpicado de barro. El conde iba con sus criados y con unos amigos jóvenes como él, hubo trabazón de palabras, metióse mano a las temerarias, Ganzúa despachó por la posta a un criado y a un amigo, y el de Niebla se había librado de milagro con una cuchillada en un muslo. Hubo tercio de alguaciles y corchetes, y en la instrucción, aunque Ganzúa no dijo esta boca es mía, alguien choteó un par de asuntillos más que tenía pendientes, incluido otro par de muertes y un sonado robo de alhajas en la calle Platería. Resumiendo: a Ganzúa le daban garrote al día siguiente en la plaza de San Francisco.

—Habría ido de perlas para nuestro negocio —se lamentó Jaqueta—, pero lo de mañana es cosa hecha. Ganzúa está en capilla, y esta noche lo acompañarán los camaradas para echar tajada y aliviarle el trance, como se acostumbra en tales casos. El Lindo y Ramírez le son muy afectos, así que podréis encontrarlos allí, sin duda.

—Iré a la cárcel —dijo Alatriste.

—Entonces saludad a Ganzúa de mi parte. Los deudos están para las ocasiones, y yo iría a velarlo con mucho gusto de no verme en tales trabajos —Jaqueta me examinó con mucho detenimiento—... ¿Quién es el mozo?

–Un amigo.

–Algo tierno parece –el bravo seguía estudiándome curioso, sin que le pasara inadvertida la vizcaína que yo llevaba atravesada al cinto–. ¿También anda en esto?

–A ratos.

–Bonita vaciadora, la que carga.

–Pues ahí donde lo veis, sabe usarla.

–Pronto empieza el perillán.

Prosiguió sin más novedad la conversación, de modo que todo quedó ajustado para el día siguiente, con la promesa de Alatriste de que la Justicia sería avisada y Jaqueta podría salir del corral muy a salvo. Nos despedimos así, empleando el resto de la jornada en proseguir la recluta, que nos llevó a La Heria y a Triana, y después a San Salvador, donde el mulato Campuzano –un negrazo enorme con una espada que parecía un alfanje– resultó del agrado del capitán. De ese modo, al atardecer, mi amo contaba ya con media docena de buenas firmas en su bandera: Jaqueta, Sangonera, el mulato, un murciano muy peludo y muy recomendado por la jacaranda al que decían Pencho Bullas, y dos antiguos soldados de galeras conocidos por Enríquez el Zurdo y Andresito el de los Cincuenta: este último llamado así porque una vez le habían tejido un jubón de azotes que encajó con mucho cuajo; y a la semana el sargento que recetó el rebenque fue visto muy lindamente degollado en la puerta de la Carne, sin que nadie pudiera nunca probar –suponerlo era otra cosa– quién le había tajado la gorja.

Faltaban otros tantos pares de manos; y para completar
nuestra singular y bien herrada compañía, Diego
Alatriste decidió acudir aquella misma noche a
la vela del bravo Ganzúa, en la cárcel real.
Pero eso lo contaré por lo menudo, pues
aseguro a vuestras mercedes que la
cárcel de Sevilla merece
capítulo aparte.

VI. LA CÁRCEL REAL

sa noche acudimos al velatorio de Nicasio Ganzúa. Pero antes dediqué un rato a cierto asunto personal que me traía alterados los pulsos. En realidad apenas saqué nada en limpio de ello; pero sirvió, al menos, para entretener mi desazón por el papel que Angélica de Alquézar había jugado en el episodio de la Alameda. Lleváronme así mis pasos a rondar de nuevo los Alcázares, cuyos muros recorrí de parte a parte sin olvidar el arco de la judería y la puerta del palacio, donde estuve un rato entre los curiosos, de centinela. Esa vez no se encargaba de la vigilancia la guardia amarilla, sino la de arqueros borgoñones, con sus vistosos uniformes ajedrezados en rojo y sus picas cortas; de modo que me tranquilizó comprobar que el sargento gordo no andaba por allí, y que íbamos a tener la fiesta en paz. La plaza frente a palacio bullía de gente, pues sus majestades los reyes iban a asistir a un rosario solemne en la Iglesia Mayor, y luego recibirían a una representación de la ciudad de Jerez. Lo de Jerez tiene su miga, y no estará de más acotar a vuestras mercedes que por esos días, igual que lo había hecho Galicia, los notables jerezanos pretendían comprar con dinero una representación en las Cortes de la Corona, a fin de no seguir sujetos a la influencia de Sevilla. En aquella España austríaca convertida en patio de mercaderes, lo de comprar plaza en las Cortes era trato muy al uso –también la ciudad de Palencia, entre otras, andaba en esos afanes–, y la cantidad ofrecida por los de Jerez ascendía a la respetable suma de 85.000 ducados, que irían a parar a las arcas del rey. El trato no siguió adelante porque Sevilla contraatacó sobornando al Consejo de Hacienda, y el dictamen final fue que se aceptaba la solicitud si el dinero no salía de las contribuciones de los ciudadanos, sino del peculio particular de los veinticuatro magistrados municipales que pretendían el escaño. Pero lo de rascarse el propio bolsillo era ya harina de otro costal, así que la corporación jerezana terminó por retirar la solicitud. Todo ello explica bien el papel que las Cortes tuvieron en esa época, la sumisión de las de Castilla y la actitud de las otras; que, fueros y privilegios locales aparte, sólo eran tomadas en cuenta a la hora de pedirles que votaran nuevos impuestos o subsidios para la hacienda real, la guerra o los gastos generales de una monarquía que el conde duque de Olivares soñaba unitaria y poderosa. A diferencia de Francia o Inglaterra, donde los reyes

habían triturado el poder de los señores feudales y pactado
con los intereses de mercaderes y comerciantes –ni la zorra
bermeja de Isabel I ni el gabacho Richelieu anduvieron allí
con paños calientes–, en España los nobles y los poderosos
se dividían en dos grupos: los que acataban de modo manso,
y casi abyecto, la autoridad real, mayormente castellanos
arruinados que no gozaban de otro valimiento que el del
rey, y los de la periferia, escudados en fueros locales y antiguos privilegios, que ponían el grito en el cielo cuando les pe-
dían que sufragasen gastos o armasen ejércitos. Eso sin contar que la Iglesia iba a su aire. De modo que la mayor parte
de la actividad política consistía en un tira y afloja con el dinero como fondo; y todas las crisis que más tarde habíamos
de vivir bajo el cuarto Felipe, las conjuraciones de Medina
Sidonia en Andalucía y la del duque de Híjar en Aragón, la secesión de Portugal y la guerra de Cataluña, estuvieron moti-
vadas, de una parte, por la rapacidad de la hacienda real; y de
la otra, por la resistencia de los nobles, los eclesiásticos y los
grandes comerciantes locales a aflojar la mosca. Precisamente
la visita realizada por el rey a Sevilla el año veinticuatro, y la
que ahora llevaba a cabo, no tenían otro objeto que anular
la oposición local a votar nuevos impuestos. En aquella des-
venturada España no existía más obsesión que la del dinero,
y de ahí la importancia de la carrera de Indias. En cuanto a lo
que la justicia y la decencia tenían que ver en todo esto, baste
señalar que dos o tres años antes las Cortes habían rechazado
un impuesto de lujo que gravaba especialmente los cargos,
mercedes, juros y censos. Es decir, a los ricos. De manera

que se hacía triste verdad aquello que el embajador Contarini, veneciano, escribía en la época: «*La mayor guerra que se les puede hacer a los españoles es dejarlos consumir y acabarse con su mal gobierno*».

Volvamos a mis afanes. El caso es que por allí anduve aquella tarde, como decía, y al cabo mi tesón se vio recompensado, aunque sólo en parte, pues terminaron por abrirse las puertas, la guardia borgoñona formó un pasillo de honor, y los reyes en persona, acompañados por nobles y autoridades sevillanas, recorrieron a pie la poca distancia que los separaba de la catedral. Me fue imposible asistir en primera fila, pero entre las cabezas de la muchedumbre que aclamaba a sus majestades pude presenciar su paso solemne. La reina Isabel, joven y bellísima, saludaba con graciosos movimientos de cabeza. A veces sonreía, con aquel peculiar encanto francés que no siempre encajó en la rígida etiqueta de la Corte. Vestía a la española, de raso azul acuchillado con fondo de tela de plata y bordado en oro de canutillo, rosario de oro y librito de oraciones de nácar en las manos, y una hermosa mantilla blanca de encaje orlado de perlas sobre el peinado y los hombros. Le daba el brazo, galante en su misma juventud, el rey don Felipe Cuarto, rubio, pálido, hierático e impenetrable como solía. Iba vestido de rico terciopelo gris argentado, con valona corta de Flandes, un agnusdei de oro y diamantes al cuello, espada dorada y sombrero con plumas blancas. Contrastaba con la simpatía y la amable sonrisa de la reina el aire solemne de su augusto esposo, sujeto siempre al grave protocolo borgoñón que había traído de Flandes el emperador Carlos; de manera que, salvo al caminar, no movía nunca pie, mano ni cabeza, siempre mirando hacia arriba como si no tuviera que dar cuentas sino a Dios. Nadie le había visto antes, ni lo vería jamás, perder su flema extraordinaria en público ni en privado. Y yo mismo –aunque no podía ni soñarlo aquella tarde–, a quien más adelante la vida puso en trance de servirlo y escoltarlo en momentos difíciles para él y para España, puedo asegurar que siempre mantuvo aquella imperturbable sangre fría que terminó haciéndose legendaria. No era un rey antipático, sin embargo; nos salió muy aficionado a la poesía, las comedias y los esparcimientos literarios, las artes y los usos caballerescos. Tenía valor personal, aunque nunca pisó un campo de batalla salvo muy de lejos y más adelante, cuando la guerra de Cataluña; pero en la caza, que era su pasión, corría riesgos más que razonables, y llegó a matar jabalíes en solitario. Era consumado jinete; y una vez, como ya conté a vuestras mercedes, ganó la admiración popular despachando a un toro en la Plaza Mayor de Madrid con certero arcabuzazo. Sus puntos flacos fueron una cierta debilidad de carácter que lo llevó a dejar en manos del conde duque de Olivares los negocios de la monarquía, y la afición desmedida a las mujeres; que en alguna ocasión –como contaré en un próximo episodio– estuvo a punto de costarle la vida. Por lo demás, nunca tuvo la grandeza ni la energía de su bisabuelo el emperador, ni la tenaz inteligencia de su abuelo el segundo Felipe; pero, aunque se divirtió siempre más de lo debido, ajeno al clamor del pueblo hambriento, al disgusto de los territorios y reinos mal gobernados, a la fragmentación del imperio que heredó y a la ruina militar y marítima, justo es decir que su bondadosa índole nunca despertó odios personales, y hasta el final fue amado por el pueblo, que atribuía la mayor parte de las desdichas a sus validos, ministros y consejeros, en aquella España demasiado extensa, con demasiados enemigos, tan sujeta a la vil condición humana, que no habría sido capaz de conservarla intacta ni el propio Cristo redivivo.

Pude ver en el cortejo al conde duque de Olivares, imponente en su apariencia física y en el poder omnímodo que se traslucía en cada uno de sus gestos y miradas; y también al joven hijo del duque de Medina Sidonia, el conde de Niebla, que muy elegante y con la flor de la nobleza sevillana acompañaba a sus majestades. Contaba a la sazón el de Niebla veintipocos años, muy lejos todavía del tiempo en que, ya noveno duque de su casa, perseguido por la enemistad y la envidia de Olivares y harto de la rapacidad real sobre sus prósperos estados –revalorizados por el papel de Sanlúcar de Barrameda en la carrera de Indias–, cayó en la tentación pactando con Portugal el intento de secesión de Andalucía de la corona de España, en la famosa conspiración que terminó siendo causa de su deshonor, su ruina y su desgracia. Venía tras él gran séquito de damas y caballeros, incluidas las azafatas de la reina. Y al mirar entre ellas sentí un vuelco en el corazón, porque Angélica de Alquézar estaba allí. Vestía hermosísima, de terciopelo amarillo con pasaduras de oro, y sostenía con gracia el ruedo de la falda realzada por el amplio guardainfante. Bajo su mantilla, de encaje finísimo, relucían al sol de la tarde aquellos tirabuzones dorados que sólo unas horas antes habían rozado mi rostro. Fuera de mí, intenté abrirme paso entre la gente, acercándome a ella; pero me impidió ir más allá la ancha espalda de un guardia borgoñón. Angélica cruzó así a pocos pasos, sin verme. Busqué sus ojos azules, pero éstos se alejaron sin leer el reproche y el desdén y el amor y la locura que se agitaban en mi cabeza.

Pero cambiemos de registro, pues prometí contar a vuestras mercedes la visita a la cárcel real y el velatorio de Nicasio Ganzúa. Era el tal Ganzúa bravo notorio del barrio de La Heria, flor de la antana y primoroso ejemplar de la jacaranda sevillana, muy apreciado entre los de su oficio. Al día siguiente iban a sacarlo con tambores destemplados y una cruz delante para entorpecerle el resuello con esparto; de manera que a su última cena acudía lo más ilustre de la cofradía de la hoja, y lo hacía con la gravedad, la resignación profesional y la cara de circunstancias que el caso reclamaba. A tan singular modo de despedir al camarada se le llamaba, en jerga germanesca, echar tajada. Y era trámite habitual, pues el que más y el que menos sabía que el oficio de valentía y el andar en trabajos, como se llamaba entonces a buscarse la vida con un acero o de mala manera, solía terminar rascando golfos en galeras, bien estiradas las palmas en el pescuezo de un remo bajo el látigo del cómitre, o en el más solvente mal de soga o enfermedad de cordel, muy contagioso entre la gente de la carda.

Los años todo lo mascan,
poco duran los valientes,
mucho el verdugo los gasta.

Había una docena de vozarrones aguardentosos cantando aquello por lo bajini cuando, a hora de prima modorra, un alguacil al que Alatriste había engrasado las manos y el ánimo con uno de a ocho nos condujo hasta la enfermería, que era donde solía ponerse a los presos en capilla. El resto de la cárcel, las tres puertas famosas, las rejas, los corredores y el pintoresco ambiente que en ella se vivía fue contado ya por mejores péñolas que la mía, y a don Miguel de Cervantes, a Mateo Alemán o a Cristóbal de Chaves puede acudir el curioso. Yo me limitaré a referir lo que vi en nuestra visita, a esa hora en que ya se habían cerrado las puertas, y los presos que gozaban del favor del alcaide o de los carceleros para salir y entrar del talego como Pedro por su casa se hallaban puntuales en sus calabozos, salvo los privilegiados de posición o dinero, que dormían donde les salía de la bolsa. Todas las mujeres, coimas y familiares de presos habían abandonado también el recinto, y las cuatro tabernas y bodegones –vino del alcaide y agua del bodegonero– de que gozaba la parroquia carcelaria estaban cerrados hasta el día siguiente, lo mismo que las tablas de juego del patio y los puestos de comida y verdura. En resumen, aquella España en pequeño que era la prisión real sevillana se había ido a dormir, con sus chinches en las paredes y sus pulgas en las mantas incluso en los mejores calabozos, que los presos con posibles alquilaban por seis reales al mes al sotalcaide, quien había comprado su cargo por cuatrocientos ducados al alcaide, tan bellaco como el que más, que a su vez se enriquecía con sobornos y contrabandos de todo jaez. También allí, como en el resto de la nación, todo se compraba y se vendía, y era más desahogado gozar de dinero que de justicia. Con lo que se confirmaba muy en su punto el viejo refrán español de a qué pasar hambre, si es de noche y hay higueras.

De camino al velatorio habíamos tenido un encuentro inesperado. Acabábamos de dejar atrás el pasillo de la reja grande y la cárcel de mujeres, que quedaba al entrar a mano izquierda; y junto al rancho donde paraban los que iban rematados a galeras, unos parroquianos de conversación tras los barrotes se asomaron a mirarnos. Había un hachón encendido en la pared, que iluminaba aquella parte del corredor, y a su luz uno de los de adentro reconoció a mi amo.

–O estoy ciego de uvas –dijo– o es el capitán Alatriste.

Nos paramos ante la reja. El fulano era un jayán muy grande, con unas cejas tan negras y espesas que parecían una. Vestía una camisa sucia y calzones de paño basto.

–Pardiez, Cagafuego –dijo el capitán–. ¿Qué hace vuestra merced en Sevilla?

El grandullón sonreía de oreja a oreja con una boca enorme, encantado con la sorpresa. En lugar de los incisivos de
arriba tenía un agujero negro.

–Pues ya puede verlo voacé. Camino de gurapas, me tienen. Hay por delante seis años vareando peces en el charco.

–La última vez os vi retraído en San Ginés.

–Eso fue hace mucho –Bartolo Cagafuego encogía los
hombros, con resignación profesional–. Ya sabe voacé lo
que es la vida.

–¿Qué se come esta vez vuestra merced?

–Me como lo mío y lo de otros. Dicen que desvalijé aquí
con los camaradas –al oírse mentar, los camaradas sonrieron
feroces desde el fondo de la celda– unos cuantos mesones de
la Cava Baja y unos cuantos viajeros en la venta de Bubillos,
cerca del puerto de la Fuenfría...

–¿Y?

–Y nada. Que faltó sonante para templar al escribano, me
pusieron clavijas y cuerdas sin ser guitarra, y aquí me tiene
voacé. Preparando el espinazo.

–¿Cuándo llegasteis?

–Hace seis días. Un lindo paseo de setenta y cinco leguas, voto a Dios. Engrilletado en recua y a pinrel, cercado de guardias
y pasando frío... En Adamuz quisimos abrirnos aprovechando
que llovía a espuertas, pero la zarzamora nos madrugó, y aquí
nos trajo. Nos bajan el lunes al Puerto de Santa María.

–Lo siento.

–No lo sienta uced, señor capitán. Yo no soy hombre de
cotufas, y éstos son gajes de la carda. Podría haber sido peor,

LA CÁRCEL REAL 155

porque a algún que otro camarada le cambiaron las gurapas por las minas de azogue de Almadén, que eso ya es el finibusterre. Y de ahí salen pocos.

–¿Puedo ayudaros en algo?

Cagafuego bajó la voz.

–Si tuviera voacé algún sonante que le sobrara, le queda-
ría muy reconocido. Aquí un servidor y los amigos no tenemos con qué socorrernos.

Alatriste sacó la bolsa y puso en las manazas del jayán
cuatro escudos de plata.

–¿Cómo anda Blasa Pizorra?

–Murió, la pobre –Cagafuego se guardaba discretamente
los treinta y dos reales, mirando de reojo a sus compañeros–. La recogieron enferma en el hospital de Atocha. Llena
de bubas y sin pelo, que daba lástima verla, a la pobreta.

–¿Os dejó algo?

–Alivio. Por su oficio tenía el mal francés, y no me lo
contagió de milagro.

–Acompaño a vuestra merced en el sentimiento.

–Se agradece.

Alatriste sonrió a medias.

–A lo mejor –dijo– sale el naipe bueno, y vuestra galera la
capturan los turcos, y os place renegar, e igual termináis en
Constantinopla dueño de un harén...

–No diga uced eso –el jayán parecía de veras ofendido–.
Que una cosa es una cosa, y otra cosa es otra cosa. Y ni el
rey ni Cristo tienen la culpa de que me vea como ahora me
veo.

–Tenéis razón, Cagafuego. Os deseo suerte.

–Y yo a voacé, capitán Alatriste.

Se quedó apoyado en las rejas, mirándonos ir corredor adelante. Cantaban, como dije antes, las voces de los valentones en la enfermería, entre notas de guitarra que algún preso de los calabozos próximos acompañaba con repicar de cuchillos en los barrotes, música de cañas rotas o alguna palma suelta. La sala del velatorio tenía un par de bancos y un altarcillo con un Cristo y una vela, y en el centro se le había instalado para la ocasión una mesa con candelas de sebo encima y varios taburetes, ocupados en ese momento, como los bancos, por un muestrario bien granado de lo que la jacaranda local daba de sí. Habían ido llegando desde el anochecer y seguían haciéndolo, serios, con cara de circunstancias, capas fajadas por los lomos, coletos viejos, jubonazos de estopa más agujereados que la Méndez, sombreros con las faldillas altas por delante, bigotazos a lo cuerno, cicatrices, parches, corazones con el nombre de sus coimas y otras marcas tatuadas con cardenillo en la mano o en el brazo, barbas turcas, medallas de vírgenes y santos, rosarios de cuentas negras al cuello y herrerías completas como guarnición de dagas y espadas, con cuchillos jiferos de cachas amarillas en las cañas de polainas y botas. Aquella peligrosa jábega de marrajos menudeaba en los jarros de vino dispuestos sobre la mesa con aceitunas gordales, alcaparras, queso de Flandes y tajadas de tocino frito; se apellidaban unos a otros de uced, vuacé, señor compadre y señor camarada, y pronunciaban las haches y las ges y las jotas muy a lo jácaro, diciendo gerida,

aliherarse, jumo, mohar, harro y ajogarse. Se brindaba por el
alma de Escamilla, por la de Escarramán y por la de Nicasio
Ganzúa, esta última allí presente y todavía dentro de su pescuezo. También se brindaba por la honra del jaque en capilla
—«A vuestra honra, señor camarada», decían los bravos–, y
cada vez todos los presentes se llevaban muy serios los va-
sos a la boca para hacer la razón; que no se viera igual en un
velorio de Vizcaya ni en una boda flamenca. Y me maravi-
llaba, en aquello de la mentada honra de Ganzúa, al verlos
beber, que fuera tanta.

> *El que quisiere triunfar*
> *con esta baraja*
> *salga de oros*
> *que salir siempre de espadas*
> *es de locos.*

Seguían los cantos y el sorbo y la conversación, y seguían
llegando compadres del velado. Era el tal Ganzúa mocetón
que frisaba la cuarentena como el filo de una daga frisa el es-
meril: cetrino, peligroso, ancho de manos y de cara, con un
mostacho de a cuarta cuyas feroces puntas engomadas se le
alzaban casi hasta los ojos. Para la ocasión se había aderezado
de rúa y domingo: jubón de paño morado con algún remien-
do, mangas acuchilladas, calzones de lienzo verde, zapatos de
paseo y cinto de cuatro pulgadas con hebilla de plata, que
era un primor verlo tan puesto y grave, en buena compaña,
asistido y animado por sus cofrades, todos con el sombrero

–Morir es un trámite, señores...

encajado como los grandes de España, dándole tientos al vino del que habían caído ya varios azumbres y aguardaban otros tantos, que no faltaba porque –al no ser de confianza el que vendía el alcaide–, habían mandado traer muchas jarras y limetas de una taberna de la calle Cordoneros. En cuanto a Ganzúa, no parecía tomarse muy a pecho la cita de la mañana siguiente, y hacía su papel con hígados, solemnidad y decencia.

–Morir es un trámite, señores –repetía de vez en cuando, con mucho cuajo.

El capitán Alatriste, que entendía bien de la tecla, fue a presentarse a Ganzúa y la compaña con mucha política, transmitiendo saludos de Juan Jaqueta, a quien su situación en el corral de los Naranjos, dijo, impedía darse el gusto de acompañar esa noche al camarada. Le correspondió con la misma cortesía el escarramán, invitándonos a tomar asiento entre la concurrencia, lo que hizo Alatriste tras saludar a algunos conocidos que allí pastaban. Ginesillo el Lindo, un atildado jaque rubio de mirada afable y sonrisa peligrosa, que llevaba el pelo a la milanesa, largo y sedoso hasta los hombros, lo acogió con mucha amistad, holgándose de verlo bueno y por Sevilla. Como todos sabían, el tal Ginesillo era ahembrado –quiero decir con poca afición al acto venéreo–; pero en cuestión de hígados no tenía que envidiar a nadie, y resultaba tan peligroso como un alacrán doctorado en esgrima. Otros de su misma condición no tenían tanta suerte, eran detenidos por la Justicia al menor pretexto, y tratados por todos, hasta por los demás presos de las cárceles, con

una crueldad extrema que sólo concluía en la leña del que-
madero. Que en aquella España tan a menudo hipócrita y ruin,
podía uno yacer con su hermana, con sus hijas o con su abue-
la, y nada pasaba; pero el pecado nefando aparejaba la hoguera. Matar, robar, corromper, sobornar, no era grave. Lo
otro, sí. Como lo era blasfemar, o la herejía.

El caso es que ocupé un taburete, caté la jarra, comí unas
alcaparras y estuve atento a la conversación, y a las graves
razones que unos y otros aportaban a modo de consuelo o
de ánimo a Nicasio Ganzúa. Más matan los médicos que el
verdugo, dijo alguien. Un compadre apuntó que, a pleito
malo, por amiga la lima sorda, es decir el escribano. Otro, que
morir era enojoso pero inevitable incluso para los duques y
para los papas. El de más allá maldecía de la casta de los abo-
gados, cuya ralea no se viera, afirmaba, ni entre turcos o luteranos. Dénos Dios favor de juez, decía otro, y al menguado
que la quisiere, justicia. Y el de más allá lamentaba sentencia
como aquélla, que privaba al mundo de tan ilustre punto de
la germanía.

—Pesadumbre me da —dijo un preso que también acompañaba al velado— que no esté firmada mi sentencia, que la espero
de un día para otro... Y malhaya el diablo que no me llegue
hoy mismo, porque con gusto acompañaría mañana a voacé.

Todos encontraron muy en sazón de buen camarada el
apunte, alabando lo oportuno y haciendo ver a Ganzúa lo
apreciado que era de sus amigos y lo muy honrados que estaban de hacerle corro en el trance, como se lo harían al día
siguiente, los que pudieran pasear sin recaudo de alguaciles,

en la plaza de San Francisco. Que hoy por uno y mañana por todos, y a bravo que padece, amigos le quedan.

–Bien hace uced de encarar el trago con las mismas asaduras con que encaró la vida –opinó un cariacuchillado de guedejas tan grasientas como el cuello de su valona, al que llamaban el Bravo de los Galeones y era fino bellaco, tinto en lana, y de Chipiona.

–Por el siglo de mi abuelo, que gran verdad es ésa –repuso Ganzúa, sereno–. Que ninguno me la hizo que no me la pagase. Y si alguno queda, el día de la resurrección de la carne, cuando yo pise de nuevo tierra, darésela a él hasta el ánima.

Asintieron solemnes los germanes, que así hablaban los hidalgos, y todos sabían que en el trance del día siguiente no había de volver el rostro ni predicar; que para algo era muchísimo hombre y vástago de Sevilla, resultaba público que La Heria no paría cobardes, y otros antes que él gustaron sin ascos aquella conserva. Con acento lusitano argumentó otro, como consuelo, que al menos era la justicia real, o como quien dice el rey en persona, quien sacaba del mundo a Ganzúa, y no un cualquiera. Que en tan ilustre bravo fuera deshonra verse despachado por un don nadie. Esta última filosofía resultó muy celebrada por la concurrencia, y el propio interesado se atusó el bigote, complacido por tan justa consideración del asunto. El concepto correspondía a un valentón con coleto hasta las rodillas, escurrido de carnes y de pelo, que era cano, abundante y rizado en torno a un respetable cráneo tostado por el sol. Había sido teólogo en Coimbra, se contaba, hasta que un mal lance púsolo en el camino de la jacarandina.

Todos lo tenían por hombre de leyes y letras amén de toledana, era conocido como Saramago el Portugués, tenía el aire hidalgo y mesurado, y se decía de él que despachaba almas
por necesidad, ahorrando como un hebreo para imprimir, a su
costa, un interminable poema épico en el que trabajaba desde
hacía veinte años, contando cómo la península Ibérica se separaba de Europa y quedaba flotando a la deriva como una
balsa en el océano, tripulada por ciegos. O algo así.

–Sólo lo siento por mi Maripizca –dijo Ganzúa, entre vino y vino.

Maripizca la Aliviosa era la coima del jaque, a la que su
ejecución dejaba sola en el mundo, a juicio del velado. Había estado a visitarlo por la tarde con mucho grito y alboro-
to: a ver la luz de mis ojos y el sentenciado de mi alma, etcétera, desmayándose cada cinco pasos en los brazos de veinte
bergantes camaradas del reo; y según se contaba, en tierno
coloquio póstumo Ganzúa le había encomendado el alma,
es decir unas misas –confesarse no lo hacía un bravo ni camino del patíbulo, por tener a poca honra berrearle a Dios
lo que no soltaba en el potro– y concertarse de obra o dineros con el verdugo para que al día siguiente todo fuera ho-
norable y bien llevado, y él no diera mala estampa luego
de verse con la canal maestra anudada en San Francisco,
donde iba a estar mucho conocido mirando. Habíase despe-
dido al fin la cantonera con mucho garbo, encareciendo los
hígados de su jayán, y con un «tan sano y tan gallardo le
quiero ver en el otro mundo, valeroso». Era la Aliviosa, dijo
Ganzúa a sus contertulios, mujer buena y diligente trabaja-

dora, muy limpia en aseo y en ganancias, a la que sólo había que sacudirle la estera de vez en cuando, y no era menester encarecerla más por ser bien conocida de los presentes, de toda Sevilla y de media España. Y en cuanto a la marca de navaja de la cara, precisó, eso era algo que no la afeaba demasiado y que tampoco debía tenerse muy en cuenta, porque el día que se la hizo, Ganzúa andaba cargado delantero con oloroso de Sanlúcar. Y además, pardiez, también las parejas solían tener sus más y sus menos sin que eso fuese otra cosa que lo corriente. Amén que un jiferazo a tiempo en la cara también era saludable muestra de cariño; y la prueba era que a él mismo se le arrasaban de lágrimas los ojos cada vez que se veía en la obligación de molerla a palos. Encima, la Aliviosa había demostrado ser piadosa mujer y fiel hembra socorriéndolo en la cárcel con buenos dineros ganados con unos trabajos que iban en descuento de sus pecados, si es que pecado era velar por que nada faltase al hombre de sus entretelas. Y no había que decir más. Emocionóse un poco, aunque a lo viril, en ese punto el rufo; sorbióse los mocos disimulando dignamente con otro tiento al jarro, y terciaron varias voces tranquilizándolo. Esté sosegado voacé, que nadie le dará pesadumbre y de mi cuenta corre, dijo uno. O de la mía, apuntó otro. Para eso están los camaradas, sugirió un tercero. Templado por dejarla en tan buenas manos, seguía menudeando del jarro Ganzúa mientras Ginesillo el Lindo acompañaba con seguidillas el recuerdo de la coima.

–En cuanto al fuelle de mi fragua –dijo en ésas Ganzúa–, tampoco digo a vuacedes más.

Otro coro de protestas acogió sus palabras. Por descontado que el soplón que había puesto al señor Ganzúa en tan mal trance sería aligerado de su resuello en la primera ocasión; que eso y mucho más debían al reo sus amigos. Amén que el peor delito entre la gente profesa en germanía era alargar lengua sobre los camaradas; que todo jaque de hígados, incluso aunque mediase ofensa o daño, tenía a infamia delatar ante la Justicia, y prefería callar y vengarse.

—A ser posible, y si no es mucha molestia, despachen también al corchete Mojarrilla, que me puso mano con muy malos modos y poca consideración.

Podía contar Ganzúa con ello, lo tranquilizaron los jaques. Pese a diez y a Dios que Mojarrilla podía irse dando por sacramentado.

—Tampoco estaría de más —se acordó el rufián tras pensar un rato— saludar de mi parte al platero.

Quedó incluido el platero en la relación. Y ya puestos, se convino que si al día siguiente el verdugo no resultaba lo bastante bien templado por la Aliviosa y se propasaba al hacer su oficio, no dándole las vueltas del garrote con la limpieza y decoro requeridos, también tocaría su astilla en el reparto. Que una cosa era ajusticiar —y cada cual a fin de cuentas hacía su oficio—, y otra muy distinta, de traidores y ahembrados, no guardarle las formas a un hombre de honra, etcétera. Hubo un sinfín de razones más sobre la materia, de modo que Ganzúa quedó muy satisfecho y confortado. Al cabo miró a Alatriste, con gratitud para quien de tal modo le hacía buena compaña.

–No tengo el gusto de conocer a vuacé.

–Algunos de estos señores sí me conocen –respondió el capitán en su mismo tono–. Y me huelga mucho acompañar a vuestra merced en nombre de los amigos que no pueden hacerlo.

–No se diga más –Ganzúa me observaba, amable, tras sus enormes bigotazos–. ¿Os acompaña el mozo?

El capitán dijo que sí, y yo asentí a mi vez, con un saludo de cabeza que me salió muy cortés y motivó gestos de aprobación de los asistentes; que nadie aprecia tanto la modestia y la buena crianza en los jóvenes como la gente de la carda.

–Buena planta tiene –dijo el jaque–. Que tarde mucho en verse en éstas.

–Amén –rubricó Alatriste.

Terció Saramago el Portugués para alabar mi presencia allí. Que es edificante para la mocedad, dijo arrastrando mucho las eses con su acento lusitano, ver cómo se despide de este mundo la gente de hígados y de honra, y más en estos tiempos cuitados en que todo son desvergüenza y malas costumbres. Pues dejando aparte la fortuna de nacer en Portugal –que no estaba al alcance de todos, por desgracia– nada instruía tanto como ver bien morir, tratar a hombres sabios, conocer tierras y la lección continua de buenos libros.

–Así –concluyó, poético– con Virgilio dirá el rapaciño *Arma virumque cano*, y *Plus quam civilia campos* con Lucano.

Hubo luego prolija parla y buen menudeo del jarro. Antojósele en ésas un rentoy a Ganzúa, a modo de últimas manos con los camaradas; y Guzmán Ramírez, un jaque silencioso y de cara sombría, extrajo una grasienta desencuadernada del jubón y la puso en la mesa. Diéronse hojas del libro real, jugaron unos ocho, miraron otros y bebimos todos. Echábanse dineros y, fuese por suerte o porque los camaradas le daban cuartel, Ganzúa fue teniendo buenas rachas.

–Seis granos juego, y va mi vida.

–Alce vuacé por la mano.

–Yo la doy.

–Matantes tengo.

–Pues a mí, que las vendo.

En ésas andaban cuando oyéronse pasos en el corredor, y entraron, negros como cuervos, el escribano de la Justicia, el alcaide con alguaciles y el capellán de la cárcel para leer la última sentencia. Y salvo que Ginesillo el Lindo dejó de tocar la guitarra, nadie hizo ademán de apercibirse, ni el reo principal mudó el semblante; sino que más bien siguieron todos menudeando alpiste, cada uno con sus tres cartas en la mano y atentos a la muestra, que era el dos de oros. Se aclaró la garganta el escribano y leyó que por justicia del rey a tantos de tantos y por tal y cual, denegada la apelación, el llamado Nicasio Ganzúa sería ejecutado mañana, etcétera. Oíalo recitar el mentado sin inmutarse, atento a sus naipes, y sólo cuando acabó de leerse la sentencia despegó los labios para mirar al compañero de juego y hacer un gesto con las cejas.

–Envido –dijo.

Siguió el juego como si tal cosa. Saramago el Portugués jugó una sota de bastos, otro camarada jugó un rey, y otro un as de copas.

–La puta de oros –anunció uno al que llamaban el Rojo Carmona, poniendo su sota en la mesa.

–Malilla –dijo otro, jugándola.

Ganzúa estaba de mucha suerte aquella noche, porque dijo tener borrego, que ganaba a la malilla, y lo probó con hechos tirando el cuatro de oros sobre la mesa con una sola mano y el otro brazo en jarra, apoyada la mano sobre la cadera con mucho garbo. Y sólo entonces, mientras recogía las monedas juntándolas en su montón, levantó la vista al escribano.

–¿Podría vuacé repetirme lo último, que no estaba muy atento?

Picóse el escribano, diciendo que las cosas sólo se leían una vez, y que allá Ganzúa si apagaba candela sin enterarse muy bien de qué trataba el negocio.

–A un hombre de mis hígados –repondió el reo con mucha flema–, que nunca derrotó más que para comulgar, y eso de mozo, y luego ha tenido quinientos desafíos, dado otros tantos antuviones y reñido mil veces en ayunas, los pormenores se le dan lo que a vuacé un pastel de a cuatro... Lo que quiero saber es si hay esparto, o no.

–Lo hay. A las ocho en punto.

–¿Y quién firma esa sentencia?

–El juez Fonseca.

Miró el reo a sus compañeros de modo significativo, y le respondió un círculo de guiños y mudos asentimientos. A ser posible, el soplón, el corchete y el platero no iban a hacer el viaje solos.

–Bien puede el mentado juez –dijo Ganzúa al escribano, el aire filosófico– darme sentencia como lo que es, y quitarme la vida con ella... Pero que él sea tan honrado que salga a reñir conmigo espada en mano, y veremos quién le quita la vida a quién.

Hubo más asentimientos solemnes en el corro de jaques. Aquello estaba muy puesto en razón y era el Evangelio. El escribano se encogió de hombros. El fraile, un agustino de aire manso y uñas sucias, se acercó a Ganzúa.

–¿Quieres confesión?

El reo lo observó mientras barajaba los naipes.

–No querrá su paternidad que lo que no bramé en las primeras ansias vaya a pregonarlo en la postrera.

–Me refería a tu alma.

El rufo se tocó el rosario y las medallas que llevaba al cuello.

–De mi alma me ocupo yo –dijo con mucha pausa–. Ya tendré mañana en el otro barrio unas palabras con quien sea menester.

Los marrajos del corro movieron cabezas, aprobando las palabras del bravo. Algunos habían conocido a Gonzalo Barba, un famoso valentón que al iniciar confesión con ocho muertos de un golpe y escandalizarse el cura, que era joven y chapetón, levantóse diciendo: «Comenzaba yo por lo menudillo, y ya pone ascos... Si de los primeros ocho hace tamaño espanto, ni yo soy para su reverencia ni su reverencia es para mí»... Y al insistirle el sacerdote, remató: «Quédese con Dios, padre, que anteayer lo hicieron cura, y ya quiere confesar a un hombre que ha matado a medio mundo».

El caso es que tornáronse a barajar los naipes mientras el agustino y los otros se dirigían a la puerta. Y cuando estaban a medio camino, Ganzúa recordó algo y los llamó.

–Una cosa, señor escribano. El mes pasado, cuando le anudaron el gaznate a mi compadre Lucas Ortega, uno de los escalones del patíbulo estaba flojo, y Lucas estuvo a punto de caerse cuando subía... A mí me da lo mismo, pero háganme la merced de componerlo para quien venga después, porque no todos tienen mi cuajo.

–Tomo nota –lo tranquilizó el escribano.

–Pues no digo más.

Retiráronse los de la Justicia y el fraile, y prosiguieron el rentoy y el vino mientras Ginesillo el Lindo volvía a tañer su guitarra:

> *Mató a su padre y su madre*
> *y a su hermanito mayor,*
> *dos hermanas que tenía*
> *puso al oficio trotón.*
> *Y en Sevilla, al arbol seco*
> *le anudaron el tragar*
> *porque le afufó la vida*
> *a unos cuantos nada más.*

Caían los naipes sobre la mesa, a la luz grasienta de las candelas de sebo. Bebían y jugaban los valientes, solemnes, velando al camarada con mucho pardiez, a fe mía y yo lo digo.

–No ha sido una mala vida –dijo de pronto el jaque, pensativo–. Perra, pero no mala.

Por la ventana llegaron las campanadas cercanas de San Salvador. Respetuoso, Ginesillo el Lindo cesó en la canción y la música. Todos, incluido Ganzúa, se descubrieron, interrumpiendo el juego para persignarse en silencio. Era la hora de las Ánimas.

El día siguiente amaneció con un cielo como para que lo pintara Diego Velázquez, y en la plaza de San Francisco Nicasio Ganzúa subió al patíbulo con mucha flema. Acudí a verlo con Alatriste y algunos compañeros de la noche, con tiempo para coger sitio, porque la plaza estaba de bote en bote desde la embocadura de Sierpes a las Gradas, con gente agolpada alrededor del tablado y en los balcones, y se decía que hasta en una ventana con celosías de la Audiencia estaban los reyes mirando. En todo caso, allí había lo mismo gente del pueblo que personas principales; y los sitios mejores, alquilados, rebosaban con mucho relumbre de calidad, mantellinas y sayas de buenas telas las damas, y paños finos, fieltros con plumas y cadenas doradas los caballeros. Entre la muchedumbre de abajo se contaba el natural número de ociosos, pícaros y maleantes, y los diestros en la esgrima de Cortadillo hacían su agosto metiendo el dos de bastos en las faltriqueras ajenas para sacar el as de oros. Se nos juntó entre la gente don Francisco de Quevedo, que seguía el espectáculo con vivísimo interés porque, según dijo, estaba a punto de sacar su *Vida del buscón llamado don Pablos*; y para cierto pasaje que en él tenía a medio escribir aquel lance iba que ni pintado.

–No siempre se inspira uno en Séneca y Tácito –dijo, acomodándose los anteojos para ver mejor.

A Ganzúa debían de haberle contado lo de los reyes, porque cuando lo sacaron de la cárcel vestido con el sayo, maniatado y a lomos de una mula, se aderezó los bigotes llevándose las manos a la cara, y hasta saludó mirando los balcones. Estaba el valentón todo repeinado, limpio, muy gallardo y tranquilo, y la resaca de la víspera apenas se le notaba en el blanco de los ojos. Al paso, cuando topaba una cara conocida entre la gente, saludaba con mucha parsimonia, como si lo llevaran de romería al prado de Santa Justa. Iba, en fin, con tanto decoro que viéndolo daban ganas de hacerse ajusticiar.

El verdugo aguardaba junto al garrote. Cuando Ganzúa subió muy sosegado los escalones del patíbulo –el escalón seguía suelto, y eso le valió al escribano, que andaba por allí, una mirada severa del jaque–, todo el mundo se hizo lenguas de sus buenas maneras y de sus hígados. Saludó con un gesto a los camaradas y a la Aliviosa, confortada en primera fila por una docena de rufianes, y que lloraba con mucho duelo pero alabándose, eso sí, de lo bien plantado que iba su hombre camino de lo que iba; y luego se dejó predicar un poco por el agustino de la noche anterior, asintiendo con la cabeza, solemne, cuando el fraile decía alguna cosa bien dicha o de su agrado. Se impacientaba un poco el verdugo, con mal semblante, a lo que díjole Ganzúa: «Luego estoy con vuaced y no meta prisa, que ni se va el mundo ni nos corren moros». Rezó luego su Credo de pé a pá con buena voz y sin una nota en falso, besó la cruz con mucho garbo, y le pidió al verdugo que hiciera la merced de limpiarle luego el mostacho de babas y ponerle la caperuza bien arriscada y derecha, por no dar mala estampa. Y cuando el otro dijo la fórmula habitual de «perdóneme hermano, que sólo hago mi oficio», le contestó que estaba perdonado de allí a Lima, pero que lo hiciera de perlas porque en la otra vida veríanse de nuevo las caras, y a esas alturas a él iban a darle igual ocho que ochenta. Sentóse luego sin parpadear ni hacer visajes cuando le pusieron el garrote en el pescuezo, el aire como aburrido; atusóse por última vez los bigotes, y a la segunda vuelta de cordel se quedó tan sereno y bien compuesto que no había más que pedir. No parecía sino que estuviera pensando.

VII. POR ATÚN Y A VER AL DUQUE

legaba la flota, y Sevilla, y toda España, y la Europa entera se aprestaban a beneficiarse del torrente de oro y plata que traía en sus bodegas. Escoltada desde las islas Azores por la Armada del Mar Océano, la inmensa escuadra que llenaba el horizonte de velas había arribado a la embocadura del Guadalquivir; y los primeros galeones, cargados de mercancías y riquezas hasta casi hundir las bordas, empezaban a echar el ancla frente a Sanlúcar o en la bahía de Cádiz. Para agradecer a Dios haber conservado la flota a salvo de los temporales, de los piratas y de los ingleses, las iglesias organizaban misas y tedeums. Los armadores y cargadores hacían cuentas del beneficio, los comerciantes disponían sus tiendas para instalar las nuevas mercancías y organizaban su transporte a otros lugares, los banqueros escribían a sus corresponsales preparando letras de cambio, los acreedores del rey ponían en regla las facturas que esperaban cobrar en breve, y los funcionarios de las aduanas se frotaban las manos pensando en su propio bolsillo. Toda Sevilla se engalanaba para el acontecimiento, revivía el comercio, poníanse a punto crisoles y troqueles para acuñar moneda, se limpiaban los almacenes de las torres del Oro y de la Plata, y bullía de actividad el Arenal, con carros, bastimentos, curiosos, y esclavos negros y moriscos preparando los muelles. Se barrían y regaban las puertas de las casas y los comercios, se adecentaban posadas, tabernas y mancebías, y desde el orgulloso noble hasta el humilde mendigo o la más ajada meretriz, a todos regocijaba la fortuna de la que cada uno confiaba en alcanzar su parte.

–Tenéis suerte –dijo el conde de Guadalmedina, mirando el cielo–. Habrá buen tiempo en Sanlúcar.

Aquella misma tarde, antes de emprender nuestra misión –estábamos citados con el contador Olmedilla en el puente de barcas a las seis en punto–, Guadalmedina y don Francisco de Quevedo quisieron despedir al capitán Alatriste. Nos habíamos reunido en un pequeño bodegón del Arenal, construido con tablas y lonas del espalmador cercano, que se apoyaba contra un muro de las atarazanas viejas. Había mesas con taburetes afuera, bajo el rústico porche. A esa hora el sitio era tranquilo y discreto, frecuentado sólo por algunos marineros, y adecuado para remojar la palabra. La vista era muy agradable, con la animación portuaria y los

cargadores, carpinteros y calafates trabajando junto a los barcos amarrados en una y otra orilla. Triana, blanca, almagre y
ocre, relucía pulquérrima al otro lado del Guadalquivir, con
las carabelas de la sardina y los barquitos de servicio yendo
y viniendo entre ambas orillas, sus velas latinas desplegadas
en la brisa de la tarde.

–Por un buen botín –brindó Guadalmedina.

Bebimos todos, tras levantar nuestras jarras de loza vidria-
da. El vino no era gran cosa, pero sí la ocasión. Don Francisco de Quevedo, a quien de algún modo le habría gustado
acompañarnos en la expedición río abajo, no podía hacerlo
por razones evidentes, y eso le fastidiaba. El poeta seguía siendo hombre de acción, y no le hubiera incomodado en absolu-
to añadir a sus experiencias el asalto al *Niklaasbergen*.

–Me gustaría echar un vistazo a vuestros reclutas –dijo,
limpiándose los anteojos con un lienzo de narices que sacó
de la manga del jubón.

–A mí también –apuntó Guadalmedina–. A fe que debe
de ser una pintoresca tropa. Pero no podemos mezclar-
nos más... A partir de ahora, la responsabilidad es tuya, Alatriste.

El poeta se encajó los lentes. Torcía el bigote en una
mueca sarcástica.

–Eso es muy típico del modo de actuar de Olivares... Si
sale bien no habrá honores públicos, pero si sale mal roda-
rán cabezas.

Bebió un par de largos tragos y se quedó contemplando
el vino, pensativo.

–A veces –añadió, sincero– me preocupa haberos metido en esto, capitán.

–Nadie me obliga –dijo Alatriste, inexpresivo. Tenía la mirada fija en la orilla de Triana.

El tono estoico del capitán había arrancado una sonrisa a Álvaro de la Marca.

–Dicen –murmuró con mucha intención– que nuestro cuarto Felipe ha sido puesto al corriente de los pormenores. Está encantado con jugársela al viejo Medina Sidonia, imaginando la cara que pondrá cuando se entere de la noticia... Amén que el oro es el oro, y su católica majestad lo necesita como cualquiera.

–Incluso más –suspiró Quevedo.

De codos sobre la mesa, Guadalmedina bajó la voz.

–Anoche, en circunstancias que no viene a cuento referir, su majestad preguntó quién dirigía el golpe –dejó un poco las palabras en el aire, a la espera de que su sentido calase en nosotros–... Se lo preguntó a un amigo tuyo, Alatriste. ¿Comprendes?... Y éste le habló de ti.

–Le habló maravillas, supongo –dijo Quevedo.

El aristócrata lo miró, ofendido por el supongo.

–Tratándose de un amigo, ya podéis imaginar, pardiez.

–¿Y qué dijo el gran Philipo?

–Como es joven y aficionado a lances, mostró vivísimo interés. Hasta habló de caer de incógnito esta noche por el lugar de embarque, para satisfacer su curiosidad... Pero Olivares puso el grito en el cielo.

Un silencio incómodo se adueñó de la mesa.

–Sólo faltaba eso –comentó al fin Quevedo–. Tener al Austria encima de la chepa.

Guadalmedina le daba vueltas a su jarra entre las manos.

–En cualquier caso –dijo tras una pausa–, el éxito nos iría muy bien a todos.

De pronto recordó algo, metió mano en el jubón y extrajo un documento doblado en cuatro. Llevaba un sello de la Audiencia Real y otro del maestre de las galeras del rey.

–Olvidaba el salvoconducto –dijo, entregándoselo al capitán–. Autoriza a viajar río abajo hasta Sanlúcar... Excuso decirte que, una vez allí, debes quemarlo. A partir de ese momento, si alguien pregunta tendrás que ingeniártelas a tu aire –el aristócrata se acariciaba la perilla, sonriente–... Siempre puedes decir, como el viejo refrán, que vais a Sanlúcar por atún y a ver al duque.

–Veremos qué tal se porta Olmedilla –dijo Quevedo.

–En cualquier caso no tiene por qué ir al barco. Su presencia sólo es necesaria para hacerse cargo del oro. De ti depende cuidar su salud, Alatriste.

El capitán miraba el documento.

–Se hará lo que se pueda.

–Más nos vale.

El capitán guardó el papel en la badana del sombrero. Se mostraba tan frío como de costumbre, pero yo me removí en el taburete. Demasiado rey y demasiado conde duque de por medio, como para que un simple mochilero estuviera tranquilo.

–Habrá protestas de los armadores del barco, por supuesto –dijo Álvaro de la Marca–. Medina Sidonia se enfurecerá, pero nadie puesto en el intríngulis osará decir esta boca es mía... Con los flamencos va a ser distinto. Ahí sí tendremos protestas, cruce de cartas y marejada en las cancillerías. Por eso resulta necesario que todo parezca un asalto particular: bandoleros, piratas y gente así –se llevó el jarro a la boca, sonriendo malicioso–... De cualquier modo, nadie reclamará un oro que oficialmente no existe.

–No se os escapa –le dijo Quevedo al capitán– que si algo sale mal, todo cristo se lavará las manos.

–Hasta don Francisco y yo –matizó Guadalmedina con muy poca sutileza.

–Eso mismo. *Ignoramus atque ignorabimus.*

El poeta y el aristócrata se quedaron mirando a Alatriste. Pero el capitán, que seguía con la vista fija en la orilla de Triana, se limitó a asentir breve con la cabeza, sin añadir comentarios.

–En ese caso –prosiguió Guadalmedina– te recomiendo abrir el ojo, porque asarán carne. Y tú pagarás los tiestos rotos.

–Si es que le echan mano –matizó Quevedo.

–En conclusión –remachó Álvaro de la Marca–: bajo ningún concepto deben echar mano a nadie –también me dirigió una rápida ojeada–... A nadie.

–Lo que significa –resumió Quevedo, con su aguda facilidad para precisar conceptos– que no hay más que dos opciones: tener éxito, o hacerse matar con la boca cerrada.

Y lo dijo tan claro, que aun si lo dijera turbio, no me pesara.

Tras despedirnos de nuestros amigos, el capitán y yo andu-
vimos Arenal abajo hasta el puente de barcas, donde aguardaba, puntual y riguroso como de costumbre, el contador
Olmedilla. Caminó éste a nuestro lado, seco, enlutado, el aire
adusto, sin despegar los labios. El sol poniente nos alumbró
horizontal mientras cruzábamos el río en dirección a los siniestros muros del castillo de la Inquisición, cuya vista yo
asociaba con mis peores recuerdos. Íbamos dispuestos para
el viaje: Olmedilla con un gabán negro y largo, provisto el capitán de capa, sombrero, espada y daga, y yo con un enorme
hato a cuestas donde llevaba, con más discreción, algunas
provisiones, dos mantas ruanas, un odre con vino, un par
de pistolas, mi daga –ya reparada su guarnición en la calle
Vizcaínos–, pólvora y balas, la herreruza del alguacil Sánchez, el coleto de piel de búfalo de mi amo, y otro ligero,
nuevo, de buen y grueso ante, que habíamos comprado para mí por veinte escudos en un jubonero de la calle Fran-
cos. La cita era en el corral del Negro, próximo a la Cruz
del Altozano; así que dejando a la espalda la puente y la gran
copia de barcos luengos, galeras y barquillas que estaban
amarradas por toda la orilla hasta el puerto de los camaroneros, llegamos al sitio con la anochecida misma. Triana tenía varias posadas baratas, bodegones, garitos y parajes de
soldados, de modo que no llamaba la atención ver por allí valientes y gente de espada. En realidad el corral del Negro era
una posada infecta con el patio a cielo abierto convertido en
taberna, sobre el que en días de lluvia se tendía un viejo toldo. La gente se sentaba allí con sombrero y capa bien puestos,

y entre el fresco de la noche y la calaña de los parroquianos, era de lo más corriente que todo el mundo anduviese embozado hasta las cejas, con las dagas abultando en la cintura y la toledana respingando por detrás la capa. Ocupamos el capitán, Olmedilla y yo una mesa en un rincón, pedimos de beber y cenar, y echamos con mucha flema un vistazo alrededor. Ya había allí algunos de nuestros jaques. Reconocí en una mesa a Ginesillo el Lindo, que iba sin guitarra pero con una espada enorme al cinto, y a Guzmán Ramírez, los dos con el chapeo hundido hasta las orejas y las capas terciadas al hombro cubriéndoles media cara; y a nada vi entrar a Saramago el Portugués, que venía solo, y que a la luz de una candela se puso a leer un libro que sacó de la faltriquera. Al cabo entró Sebastián Copons, pequeño, duro y silencioso como de costumbre, y fue a sentarse con un jarro de vino sin mirar ni a su sombra. Nadie hacía visaje de reconocer a nadie, y poco a poco, solos o en parejas, iban llegando otros, andares zambos y recelar zaíno, resonantes de hierros, tomando asiento por aquí y por allá sin que ninguno se dirigiera la palabra. El grupo más numeroso que entró fue de tres: el patilludo Juan Jaqueta, su compadre Sangonera y el mulato Campuzano, a quienes las gestiones oportunas del capitán, vía Guadalmedina, habían permitido abandonar su retraimiento eclesiástico. Pese a la costumbre, el tabernero observaba tamaña afluencia de valientes con una suspicacia que pronto disipó el capitán repasándole las manos con unas cuantas piezas de plata, recurso idóneo para volver mudo, ciego y sordo al más curioso de los hosteleros, amén de advertencia sobre lo fácil que era, hablando de más, verse con un lindo tajo en la gorja. De esa forma, en la siguiente media hora terminó por completarse la jábega. Para mi sorpresa, pues nada le había oído decir sobre ello a Alatriste, el último en llegar fue el mismísimo Bartolo Cagafuego, con una montera calada sobre su tupida y única ceja, y una enorme sonrisa en la boca mellada y oscura, que le guiñó un ojo al capitán y se estuvo paseando bajo los arcos, cerca de nosotros y disimulando fatal, con la misma discreción que un oso pardo en una misa de requiem. Y aunque mi amo nunca dijo nada sobre el particular, sospecho que, pese a ser más valentón de hojaldre que de hoja, y que sin duda podría haberse reclutado a otro sujeto de mejor acero, el capitán había gestionado la liberación del galeote más por razones sentimentales –si tales razones podemos atribuir a Alatriste– que por otra cosa. El caso es que allí estaba Cagafuego, quien a duras penas lograba ocultar su agradecimiento. Y bien podía estarlo, pardiez; que el capitán le ahorraba al rufo seis lindos años engrilletado a un remo, apaleando sardinas a la voz de ropa fuera y boga larga.

De ese modo quedó redondo el grupo, y nadie faltó a la cita. Yo acechaba la expresión de Olmedilla al comprobar el fruto de la recluta hecha por el capitán; y aunque el contador se mantenía tan antipático, inexpresivo y silencioso como solía, creí vislumbrarle un toque de aprobación. Aparte de los mentados, y según conocí por sus buenos o malos nombres de allí a poco, estaban presentes el murciano Pencho Bullas, los soldados viejos Enríquez el Zurdo y Andresito el de los Cincuenta, el cariacuchillado y grasiento Bravo de los Galeones, un marinero de Triana llamado Suárez, otro tal Mascarúa, un fulano con aire de hidalgo tronado, ojeroso y pálido al que llamaban el Caballero de Illescas, y un jienense rubicundo, barbudo y sonriente, de cráneo afeitado y fuertes brazos, que tenía por nombre Juan Eslava, y era notorio rufián de cantoneras sevillanas –vivía de cuatro o cinco, y las cuidaba como a hijas, o casi–, lo que justificaba su apodo, ganado en buena lid: el Galán de la Alameda. Imaginen vuestras mercedes el cuadro, con todas aquellas bravas piezas medio embozadas en el corral del Negro, resonándoles bajo la capa, cada vez que se movían, el tintineo amenazador de dagas, pistolas y espadas. Que de no saber uno que estaban de su parte –al menos de momento–, habría sido incapaz de hallarse los pulsos por más que los buscara. Al fin, cuando tamaña mesnada estuvo al completo, y para alivio del hostelero, Diego Alatriste dejó unas monedas sobre la mesa, nos pusimos en pie y salimos con Olmedilla en dirección al río, por las callejuelas negras como boca de lobo. No hubo necesidad de mirar atrás. Por el ruido de pasos que resonaban a nuestra espalda, supimos que los reclutas se iban deslizando uno tras otro por la puerta, y nos venían a la zaga.

Triana dormía en tinieblas, y lo que permanecía en vela procuraba apartarse, prudente, de nuestro camino. La luna ultimaba su menguante, pero aún nos servía con un poco de luz; la suficiente para ver recortada en la orilla una barca con la vela recogida en el mástil. Había un farol encendido a proa y otro en tierra, y dos bultos inmóviles, patrón y marinero, aguardaban a bordo. Fue allí donde se detuvo Alatriste, con

Olmedilla y yo mismo a su lado, mientras las sombras que nos habían seguido iban congregándose alrededor. Mi amo envióme por uno de los faroles, y volví con él dejándolo en el suelo, a sus pies. Ahora la claridad tenue de la vela daba un aspecto más lúgubre a la concurrencia. Apenas se veían caras: sólo apuntes de bigotazos y barbas, embozos y sombreros calados hasta los ojos, y el destello apagado, metálico, de las armas que todos cargaban al cinto. Habían empezado los murmullos y los cuchicheos en voz muy baja, entre los camaradas que se habían ido reconociendo unos a otros, y el capitán los acalló a todos con una orden seca.

–Vamos a bajar por el río para un trabajo que se explicará cuando estemos donde debamos estar... Todos han cobrado ya una parte, así que nadie puede volverse atrás. Y excuso decir que somos mudos.

–La duda ofende –dijo alguien–. Que más de uno está probado en el potro, y supo negar como un caballero.

–Bueno es que eso quede claro... ¿Alguna pregunta?

–¿Cuándo embolsamos el resto? –preguntó otra voz anónima.

–Al terminar nuestra obligación. En principio, pasado mañana.

–¿También en oro?

–Contante y sonante. Doblones de dos caras, iguales a los que se han adelantado en señal a cada uno.

–¿Hay que aligerar muchas ánimas?

Miré de solayo al contador Olmedilla, oscuro y negro en su gabán, y vi que parecía escarbar el suelo con la punta de un pie, incómodo, como si estuviera lejos de allí o pensando en otra cosa. Sin duda, hombre de papeles y tinteros, no estaba acostumbrado a ciertas crudezas.

–No se reúne a gente de esta calidad –respondió Alatriste– para bailar la chacona.

Hubo algunas risas, pardieces y votos a tal. Cuando se apagaron, mi amo señaló la barca.

–Embarquen y acomódense lo mejor que puedan. Y a partir de este momento considérense vuestras mercedes como en milicia.

–¿Qué significa eso? –preguntó otra voz.

A la luz parva del farol, todos pudieron ver que el capitán apoyaba su mano izquierda, como al descuido, en el puño de la toledana. Sus ojos horadaban la penumbra.

–Significa –dijo despacio– que a quien desobedezca una orden o tuerza el gesto, lo mato.

Olmedilla observó al capitán con mucha fijeza. En el corro no se oía el zumbido de un mosquito. Cada cual rumiaba aquello para sí, procurando que le hiciera buen provecho. Entonces, en mitad del silencio, se escuchó ruido de remos a poca distancia, junto a los barcos amarrados en la orilla del río. Todos los jaques se volvieron a mirar: un botecillo había salido de las sombras. En el rielar de las luces de la otra orilla se recortaba su silueta, con media docena de remeros bogando y tres bultos negros erguidos en la proa. Y en menos tiempo del que se tarda en contarlo, Sebastián Copons ya había saltado hacia allí, prevenido, apuntando con dos enormes pistolas aparecidas en sus manos casi por arte de magia;

y el capitán Alatriste empuñaba, como un relámpago, el acero de su espada desnuda.

—Por atún y a ver al duque —dijo una voz familiar en la oscuridad.

Como si fueran un santo y seña, aquellas palabras nos relajaron al capitán y a mí, que también estaba a punto de echar mano a la daga.

—Es gente de paz —dijo Alatriste.

Tranquilizóse la jábega mientras mi amo envainaba y Copons guardaba las pistolas. El bote había tocado tierra más allá de la proa de nuestra embarcación, y los tres hombres que iban de pie se columbraban ahora en la vaga claridad del farol. Alatriste pasó junto a Copons, acercándose a la orilla. Lo seguí.

—Hay que despedir a un amigo —dijo la misma voz.

También yo había reconocido al conde de Guadalmedina. Iba, como sus dos acompañantes, embozado con sombrero y capa. Tras ellos, entre los remeros, vi brillar medio ocultas las mechas encendidas de un par de arcabuces. Los acompañantes de Álvaro de la Marca eran hombres dados a tomar precauciones.

—No disponemos de mucho tiempo —dijo el capitán, seco.

—Nadie pretende incomodar —respondió Guadalmedina, que seguía con los otros en el bote, sin bajar a tierra—. Id a lo vuestro.

Alatriste se quedó mirando a los embozados. Uno era corpulento, con la capa bien envuelta en torno a un torso y unos hombros poderosos. El otro era más delgado, con sombrero sin plumas y capa parda que lo cubría de los ojos a los pies. El capitán todavía estuvo un momento observándolos. Él mismo estaba iluminado por el farol de la proa de la barca, rojizo el perfil de halcón sobre el mostacho, los ojos vigilantes bajo el ala oscura del fieltro, la mano rozando la cazoleta reluciente de su espada. Se le veía sombrío y peligroso en la penumbra, e imaginé que desde el bote su aspecto era parecido. Al fin volvióse a Copons, que seguía a medio camino, y a los del grupo, que aguardaban algo más lejos, disimulados en las sombras.

—A bordo —dijo.

Uno a uno, Copons el primero, los jaques fueron pasando junto a Alatriste, y el farol de la proa los alumbró conforme subían a la barca con mucho ruido de la ferretería que cargaban encima. La mayor parte se tapaba la cara al pasar ante la luz, pero otros la descubrían con indiferencia o desafío. Alguno incluso se detuvo para echar un vistazo curioso a los tres embozados, que presenciaban el bizarro desfile sin decir esta boca es mía. El contador Olmedilla se detuvo un instante junto al capitán, contemplando a los del bote con el aire preocupado, como si dudara entre dirigirles o no la palabra. Optó por no hacerlo, pasó una pierna sobre la regala de nuestra barca, y entorpecido por su gabán habría caído al agua de no verse socorrido por un par de fuertes manos que lo metieron dentro. El último fue Bartolo Cagafuego, que traía el otro farol en la mano, y me lo entregó antes de subir a la barca con tanto ruido como si llevara media Vizcaya en el cinto y los bolsillos. Mi amo seguía inmóvil, observando a los de la otra barca.

—Es lo que hay —dijo, seco.

—No parece mala tropa —comentó el embozado alto y fuerte.

Alatriste lo miró, intentando penetrar la oscuridad. Él había oído antes aquella voz. El tercer embozado, más delgado y de menor estatura, que se hallaba entre él y Guadalmedina, y que había asistido en silencio al embarque de los hombres, estudiaba ahora con mucho detenimiento al capitán.

—Por vida mía —dijo al fin— que a mí me dan miedo.

Tenía una voz neutra y bien educada. Una voz acostumbrada a que nadie le llevase la contraria. Al oírla, Alatriste se quedó tan quieto como una estatua de piedra. Por unos instantes sentí su respiración, tranquila y muy pausada. Luego me puso una mano en el hombro.

—Sube a bordo —ordenó.

Obedecí, llevándome nuestro equipaje y el farol. Salté sobre la regala y fui a acomodarme en la proa, entre los hombres envueltos en sus capas que olían a sudor, hierro y cuero. Copons me hizo un sitio y allí me instalé, sentado sobre mi fardo. Desde ese lugar vi como Alatriste, de pie en la orilla, miraba todavía a los embozados del bote. Luego alzó una mano como para quitarse el sombrero, aunque sin llegar a consumar el gesto —se limitó a tocar el ala a modo de saludo—, terció la capa al hombro y embarcó a su vez.

—Buena caza —dijo Guadalmedina.

... nuestra barca se deslizó silenciosamente río abajo.

Nadie le respondió. El patrón había soltado las amarras, y el marinero, tras alejarnos de la orilla empujando con un remo, izaba la vela. Y así, con ayuda de la corriente y la suave brisa que soplaba de tierra, cortando en el agua negra el reflejo tenue de las pocas luces de Sevilla y de Triana, nuestra barca se deslizó silenciosamente río abajo.

Había innumerables estrellas en el cielo, y los árboles y los arbustos desfilaban como tupidas sombras negras a derecha e izquierda, a medida que seguíamos el Guadalquivir. Sevilla quedaba muy atrás, al otro lado de los recodos del cauce, y el relente de la noche empapaba de humedad las maderas de la barca y nuestras capas. Tendido cerca de mí, el contador Olmedilla tiritaba de frío. Yo contemplaba la noche con mi manta hasta la barbilla y la cabeza recostada en el fardo, observando de vez en cuando la silueta inmóvil de Alatriste, sentado en la popa junto al patrón. Sobre mi cabeza, la mancha clara de la vela oscilaba con la corriente, cubriendo y descubriendo los puntitos luminosos que tachonaban el cielo.

Casi todos los hombres guardaban silencio. La tropa de bultos negros estaba amontonada en el estrecho espacio de la barca. Junto al rumor del agua se oían respiraciones somnolientas y recios ronquidos, o como mucho algún cuchicheo en voz baja de los que permanecían despiertos. Alguien canturreaba una jácara en falsete. A mi lado, con el chapeo sobre la cara y la capa bien fajada, Sebastián Copons dormía a pierna suelta.

La daga se me clavaba en los riñones, así que terminé por quitármela. Durante un rato, admirando las estrellas con los ojos muy abiertos, quise pensar en Angélica de Alquézar; pero su imagen borrábase una y otra vez, desapareciendo tras la incertidumbre de lo que aguardaba río abajo. Yo había oído las instrucciones de Álvaro de la Marca al capitán, igual que las conversaciones que éste había mantenido con Olmedilla, y conocía a trazos gruesos el plan de ataque al galeón flamenco. La idea consistía en abordarlo mientras estaba fondeado en la barra de Sanlúcar, cortar sus amarras y aprovechar la corriente y la marea, que de noche solían ser favorables, para llevarlo a la costa, embarrancarlo allí y transportar el botín a la playa, donde aguardaría una escolta oficial prevenida al efecto: un piquete de la guardia española, que a esas horas ya debía de estar llegando a Sanlúcar por tierra, y que esperaría discreto el momento de intervenir. En cuanto a la tripulación del *Niklaasbergen*, eran marineros, no soldados, y además serían tomados por sorpresa. Respecto a su suerte, las instrucciones eran tajantes: a todo efecto, aquello iría a la cuenta de una atrevida incursión de piratas. Y si hay algo seguro en la vida, es que los muertos no hablan.

Hizo más frío al romper el alba, con la primera claridad recortando las copas de los chopos y los álamos que bordeaban la orilla oriental. Eso espabiló a algunos hombres, que se removieron juntándose unos con otros a fin de procurarse algún calor. Los más despiertos hablaban en voz baja para matar el tiempo, haciendo circular una bota de vino. Había tres o cuatro que cuchicheaban cerca de mí, creyéndome dormido. Eran Juan Jaqueta, su compadre Sangonera, y alguno más. Y hablaban del capitán Alatriste.

–Sigue siendo el mismo –decía Jaqueta–... Mudo y tranquilo como la madre que lo parió.

–¿Es de fiar? –preguntó un bravo.

–Como una bula del papa. Estuvo un tiempo en Sevilla, viviendo de la hoja a la manera del que más. Compartimos altana y naranjos una temporada... Un mal asunto en Nápoles, me dijeron. Con una muerte.

–Dicen que es soldado viejo y ha estado en Flandes.

–Sí –Jaqueta bajaba un poco la voz–. Como ese aragonés que duerme ahí, y el mozo... Pero ya estuvo antes en la otra guerra, cuando lo de Nieuport y Ostende.

–¿Tiene buena mano?

–Pardiez. Y también es muy resabiado y muy perro –Jaqueta hizo un alto para darle un tiento a la bota: oí el chorro cayendo en su boca–... Cuando te mira con esos ojos que parecen escarcha, ya puedes ir quitándote de en medio. Le he visto dar mojadas y hacer destrozos que no hiciera una bala en un coleto.

Hubo una pausa, y más visitas al vino. Supuse que los valentones observaban a mi amo, que seguía inmóvil en la popa, junto al patrón que empuñaba la caña del timón.

–¿De veras es capitán? –preguntó Sangonera.

–No creo –respondió su compadre–. Pero todo el mundo lo llama capitán Alatriste.

–Es verdad que no parece de muchas palabras.

–No. Ése es de los que parlan más con la toledana que con la mojarra. Y a fe mía que se bate mejor aún que se calla... Un conocido estuvo con él en las galeras de Nápoles hace diez o quince años, de almogavaría por el canal de Constantinopla. Y me contó que los turcos los abordaron con casi toda la gente muerta a bordo, y que Alatriste y una docena retrocedieron riñendo la crujía palmo a palmo, y luego se hicieron fuertes en el bastión de la carroza, acuchillando turcos como salvajes, hasta que se vieron muertos o heridos... Así se los llevaban canal adentro, cuando tuvieron la fortuna de que dos galeras de Malta les ahorraran verse al remo para los restos.

–Es hombre de hígados, entonces –dijo uno.

–Puede uced jurarlo, camarada.

–Y de potra –apuntó otro.

–Eso último no lo sé. Ahora, por lo menos, las cosas no parecen irle mal... Si puede aliviarnos a nosotros de la gura, dándonos el noli me tángere como lindamente ha hecho, algo de mano tendrá.

–¿Quiénes eran los embozados del bote?

–Ni idea. Pero se mordía gente principal. Igual son los que aforan la dobla.

–¿Y el de negro?... Me refiero al torpe que casi se cae al agua.

–Sobre ese, a iglesia me llamo. Pero si es de la carda, yo soy Lutero.

Oí nuevos chorros de vino y un par de eructos satisfechos.

–Buena fatiga parece ésta, por lo menos –dijo alguien, al rato–. Hay oro y camaradas.

Jaqueta se rió en voz baja.

–Sí. Pero ya oyó antes vuacé al señor jefe. Primero hay que ganarlo... Y no lo dan por hacer la rúa en domingo.

–De cualquier manera –dijo uno–, vive Cristo que me acomoda. Por mil doscientos reales yo afufo al lucero del alba.

–Y yo –terció otro.

–Además, aforan en buenos palos de baraja: ases de oros limpios como el sol, iguales al que llevo en el bolsillo.

Les oí cuchichear. Cuantos sabían sumar hacían cuentas por lo bajo.

–¿Es cantidad fija? –preguntó Sangonera–. ¿O se paga el monto a repartir entre los que vivan?

Volvió a sonar la risa apagada de Juan Jaqueta.

–Eso no creo que lo sepamos hasta el postre... Es una forma como otra cualquiera de evitar que, a media sarracina y aprovechando el barullo, nos matemos por la espalda unos a otros.

Ya enrojecía el horizonte tras los árboles, dejando entrever los matorrales y las amenas huertas que a veces se asomaban a las orillas del río. Al fin me levanté, y pasando entre los bultos dormidos fui a popa, con el capitán. El patrón, un individuo vestido con sayo de estameña y un descolorido bonete en la cabeza, negó cuando le ofrecí vino del pellejo que traía para mi amo. Se apoyaba con un codo en la caña, atento a mantener la distancia con las orillas, a la brisa que impulsaba la vela y a los troncos sueltos que ya podían verse arrastrados por las aguas. Tenía la cara muy curtida por el sol, y ni le había oído una palabra hasta entonces, ni se la oí en adelante. Alatriste bebió un trago de vino y masticó el trozo de pan con cecina que yo le llevaba. Me quedé a su lado mirando la luz que se intensificaba en el horizonte y la ausencia de nubes en el cielo: en el río era todavía imprecisa y gris, y los hombres tumbados en el suelo de la barca seguían envueltos en sombras.

–¿Qué hace Olmedilla? –preguntó el capitán, vuelto hacia donde estaba el contador.

–Duerme. Ha pasado la noche muerto de frío.

Esbozó mi amo una sonrisa.

–No tiene costumbre –dijo.

Sonreí, a mi vez. Nosotros sí la teníamos. Él y yo.

–¿Subirá a la urca con nosotros?

Alatriste encogió un poco los hombros.

–Quién sabe –dijo.

–Habrá que cuidar de él –murmuré, preocupado.

–Cada uno deberá cuidarse solo. Cuando llegue el momento, ocúpate de ti mismo.

Nos quedamos callados, pasándonos la bota de vino. Mi amo estuvo un rato mascando.

–Te has hecho mayor –dijo entre dos bocados.

Seguía observándome, pensativo. Yo sentí una suave oleada de satisfacción entibiarme la sangre.

–Quiero ser soldado –dije a bocajarro.

–Creí que con lo de Breda tenías bastante.

–Quiero serlo. Como mi padre.

Dejó de masticar, todavía siguió atento a mí un trecho, y al cabo señaló con el mentón hacia los hombres tumbados en la barca.

–No es un gran futuro –opinó.

Estuvimos un rato sin decir nada, mecidos por el balanceo de la embarcación. Ahora el paisaje empezaba a colorearse de rojo tras los árboles, y las sombras eran menos grises.

–De cualquier modo –dijo de pronto Alatriste– faltan un par de años para que te dejen sentar plaza en una bandera. Y hemos descuidado tu educación. Así que, a partir de pasado mañana...

–Leo libros –lo interrumpí–. Hago razonable letra, sé las declinaciones latinas y las cuatro reglas.

–No es suficiente. El Dómine Pérez es un buen sujeto, y en Madrid puede ocuparse de ti.

Calló de nuevo, para dirigir otra ojeada a los hombres dormidos. La luz levante acentuaba las cicatrices de su cara.

–En este mundo –dijo al cabo–, a veces llega la pluma donde no alcanza la espada.

–Pues resulta injusto –respondí.

–Quizás.

Había tardado un poco en decirlo, y creí advertir mucha amargura en el quizás. Por mi parte, encogí los hombros bajo la manta. A los dieciséis años, yo estaba seguro de que llegaría fácilmente a donde fuera menester llegar. Y maldita la tecla que tocaba el Dómine Pérez en todo aquello.

–Todavía no es pasado mañana, capitán.

Lo dije casi con alivio, desafiante, mirando obstinado el río ante nosotros. Sin volverme, supe que Alatriste me estudiaba con mucha atención; y cuando por fin giré el rostro, vi que el sol naciente le teñía de rojo los iris glaucos.

–Tienes razón –dijo, pasándome la bota–. Todavía nos queda mucho camino.

VIII. LA BARRA DE SANLÚCAR

l sol nos alumbró vertical ya más abajo de la venta de Tarfia, donde el Guadalquivir tuerce a poniente y empiezan a adivinarse las marismas de Doña Ana en la margen derecha. Los fértiles campos del Aljarafe y las orillas frondosas de Coria y Puebla fueron dejando paso a dunas de arena, pinares y arbustos entre los que a veces asomaban gamos, o jabalíes. El calor se hizo más intenso y húmedo, y en la barca los hombres liaron sus mantas, desabrochando capas, coletos y jubones. Apretados como arenques en barril, la luz del día dejaba ver ahora sus rostros mal afeitados, las cicatrices, barbas y mostachos cuyo aire fiero no desmentían los montones de armas con pretinas y tahalís de cuero, espadas, vizcaínas, terciados y pistolas, que todos tenían cerca. Sus ropas sucias y sus pie-

les grasientas por la intemperie, el mal dormir y el viaje, ema-
naban un olor crudo, áspero, que yo conocía bien de Flandes. Olor a hombres en campaña. Olor a guerra.

Hice un poco de rancho aparte con Sebastián Copons y
con el contador Olmedilla; al que, pese a seguir tan antipático
como de costumbre, me creía en la obligación moral de cuidar un poco entre semejante parroquia. Compartíamos el vino de la bota y las provisiones, y aunque ni el soldado viejo
de Huesca ni el funcionario de la hacienda real eran hombres de muchas –ni de pocas– palabras, yo me mantenía cerca
de ellos por un sentimiento de lealtad. Con Copons, por lo
vivido juntos en Flandes; y con Olmedilla, por las circunstancias. En cuanto al capitán Alatriste, estuvo las doce leguas de viaje a lo suyo, siempre sentado a popa junto al patrón, dormitando sólo durante breves intervalos –cuando lo
hacía cubría su rostro con el sombrero, como en guardia
para que no lo viesen dormido–, y sin apenas quitar ojo a los
hombres. Los estudiaba con detenimiento uno por uno, cual
si de ese modo penetrase sus cualidades y sus vicios para co-
nocerlos mejor. Permanecía atento a su forma de comer, de
bostezar, de dormir; a las voces que daban manoseando las
cartas en corro, jugándose lo que aún no tenían con la baraja
de Guzmán Ramírez. Se fijaba en el que bebía mucho y en el
que bebía poco; en el locuaz, en el fanfarrón y en el callado:
en los juramentos de Enríquez el Zurdo, la risa atronado-
ra del mulato Campuzano o la inmovilidad de Saramago el
Portugués, que leyó durante todo el viaje tumbado sobre su
capa con la mayor flema del mundo. Los había silenciosos

o discretos como el Caballero de Illescas, el marinero Suárez o el vizcaíno Mascarúa, y también torpes y desplazados como Bartolo Cagafuego, que no conocía a nadie, y cuyos intentos de conversación fracasaban uno tras otro. No faltaban ocurrentes y graciosos en la parla, como era el caso de Pencho Bullas, o del escarramán Juan Eslava, siempre de humor excelente, que detallaba a sus cofrades con todo lujo de detalles las propiedades propicias a la virilidad –probadas en él mismo, afirmaba– de la limadura de cuerno de rinoceronte. También se daban esquinados como Ginesillo el Lindo con su aire pulcro, la sonrisa equívoca y la mirada peligrosa, Andresito el de los Cincuenta y su forma de escupir por el colmillo, o ruines a la manera del Bravo de los Galeones, con la cara persignada de chirlos que no eran precisamente de barbero. Y así, mientras nuestra barca navegaba río abajo, el de allá contaba lances de hembras o dineros, el otro maldecía en corro tirando los dados para matar el tiempo, y el de acá refería anécdotas reales o fingidas de una hipotética vida soldadesca que, a poco, incluía Roncesvalles y hasta un par de campañas con Viriato. Todo, por supuesto, con los naturales pardieces, peses a tal, rodomontadas e hipérboles.

–Porque voto a Cristo que soy cristiano viejo, tan limpio de sangre y tan hidalgo como el mismo rey –oí decir a uno.

–Pues yo lo soy más, rediós –repuso otro–. Que a fin de cuentas, el rey es medio flamenco.

Y así, oyéndolos, uno habría dicho que la barca estaba ocupada por una hueste de lo mejor y más granado del reino

de Aragón, Navarra y las dos Castillas. Era aquello moneda
común a cada bolsa; e incluso en tan reducido espacio y
menguada tropa como la nuestra, hacíanse fieros y distingos
entre unas tierras y otras, juntándose éstos lejos de ésos, pi-
cados de reproches el extremeño, el andaluz, el vizcaíno o el
valenciano, esgrimiendo los vicios y desgracias de sus provincias cada uno para sí, y uniéndose todos solamente en el odio
común contra los castellanos, con pesadas zumbas y chaco-
tas, no dándose ninguno que no figurase ser cien veces más
de lo que era. Que aquella germanía allí hilvanada representaba, al cabo, una España en miniatura; y toda la gravedad y
honra y orgullo nacional que Lope, Tirso y los otros ponían
en escena en los corrales de comedias, se había ido con el
siglo viejo y no existía ya más que en el teatro. Tan sólo nos
quedaban la arrogancia y la crueldad; de modo que cuando
uno consideraba el aprecio que todos teníamos de nuestras
particulares personas, la violencia de costumbres y el desprecio a las otras provincias y naciones, se explicaba que con
buen derecho los españoles fuésemos odiados de la Europa
toda y de medio mundo.

En cuanto a nuestra expedición, participaba naturalmente de todos esos vicios, y la virtud le era tan natural como al
diablo un arpa, un aura y unas alas blancas. Pero al menos,
aunque mezquinos, crueles y fanfarrones, los hombres que
viajaban en nuestra barca tenían algo en común: iban liga-
dos por la codicia del oro prometido, sus tahalís, cintos y
vainas estaban engrasados con esmero profesional, y las armas relucían bien bruñidas cuando las sacaban para afilarlas

o limpiarlas bajo los rayos del sol. Y sin duda, en su cabeza fría, acostumbrada a tal tipo de gentes y de vida, el capitán Alatriste barajaba a todos aquellos hombres con los que había conocido en otros lugares; y de esa forma adivinaba, o preveía, lo que cada uno daría de sí al llegar la noche. O, dicho de otra forma, de quiénes podría fiarse, y de quiénes no.

Todavía quedaba buena luz cuando doblamos el último gran recodo del río, en cuyas orillas se alzaban las montañas blancas de las salinas. Entre los densos arenales y los pinares vimos el puerto de Bonanza, con su ensenada donde había ya numerosas galeras y otras naves; y más lejos, bien definida en la claridad de la tarde, la torre de la Iglesia Mayor y las casas más altas de Sanlúcar de Barrameda. Entonces el marinero bajó la vela, y el patrón llevó la barca hacia la orilla opuesta, buscando el margen derecho de la anchísima corriente que se vertía legua y media más allá, en el océano.

Desembarcamos mojándonos los pies, al amparo de una duna grande que prolongaba su lengua de arena en la corriente. Tres hombres al acecho bajo un bosquecillo de pinos vinieron a nuestro encuentro. Vestían de pardo, con ropas de cazadores; pero al acercarse observamos que sus armas y pistolas no eran de las que se usan para abatir conejos. El que parecía el jefe, un individuo de bigote bermejo y ademanes militares mal disimulados bajo la rústica indumentaria, fue reconocido por el contador Olmedilla; y ambos se retiraron a hablar aparte mientras nuestra tropa se congregaba a la sombra de los pinos. Estuvimos así un rato tumbados en la arena alfombrada de agujas secas, mirando a Olmedilla, que seguía su parla con el otro y de vez en cuando asentía impasible. En ocasiones, los dos observaban una gran elevación que se alzaba más abajo, a quinientos pasos siguiendo la orilla misma del río; y el del bigote bermejo parecía referirse al lugar con muchas explicaciones y mucho detalle. Al cabo Olmedilla se despidió de los supuestos cazadores, que tras dirigirnos una ojeada inquisitiva se marcharon a través del pinar, y el contador vino hasta nosotros, moviéndose en el paisaje arenoso como un insólito borrón negro.

–Todo está donde debe estar –dijo.

Luego llevó aparte a mi amo, y estuvieron hablando otro rato en voz baja. Y a veces, mientras lo hacía, Alatriste dejaba de mirar entre sus botas para observarnos. Al cabo se calló Olmedilla, y vi como el capitán hacía dos preguntas y el otro afirmaba dos veces. Entonces se pusieron en cuclillas, y Alatriste sacó la daga y estuvo haciendo con ella dibujos en el suelo; y cada vez que alzaba el rostro para interrogar al contador, éste afirmaba de nuevo. Tras estar así mucho rato, el capitán se quedó un espacio inmóvil, pensando. Después vino y nos dijo cómo íbamos a asaltar el *Niklaasbergen.* Lo explicó en pocas palabras, sin comentarios superfluos ni adornos.

–Dos grupos, en botes. Uno atacará primero la parte del alcázar, procurando hacer ruido. Pero no quiero tiros. Dejaremos las pistolas aquí.

Hubo un murmullo, y algunos hombres cambiaron vistazos insatisfechos. Un pistoletazo a tiempo permitía despachar por la posta, con más diligencia que el arma blanca, y de lejos.

–Reñiremos –dijo el capitán–, a oscuras y muy revueltos, y no quiero que nos abrasemos unos a otros... Además, si a alguien se le escapa un tiro, desde el galeón nos arcabucearán antes de que subamos a bordo.

Se detuvo, observándolos con mucho sosiego.

–¿Quiénes de vuestras mercedes han servido al rey?

Casi todos levantaron la mano. Con los pulgares en el cinto, muy serio, Alatriste los estudió uno por uno. Su voz era tan helada como sus ojos.

–Me refiero a los que han sido soldados de verdad.

Muchos titubearon, incómodos, ojeándose de soslayo. Un par bajaron la mano, y otros la dejaron en alto hasta que Alatriste se los quedó mirando y algunos terminaron bajándola también. Además de Copons, la mantenían en alto Juan Jaqueta, Sangonera, Enríquez el Zurdo y Andresito el de los Cincuenta. Alatriste señaló también a Eslava, a Saramago el Portugués, a Ginesillo el Lindo y al marinero Suárez.

–Esos nueve hombres formarán el grupo de proa. Subirán sólo cuando los de popa ya estén riñendo en el alcázar, para coger a la tripulación desprevenida y por la espalda. La idea es que aborden muy a la sorda por el ancla, empujen cubierta adelante y nos encontremos todos a popa.

–¿Hay cabos para cada grupo? –preguntó Pencho Bullas.

–Los hay; Sebastián Copons a proa, y yo mismo a popa con vuestra merced y los señores Cagafuego, Campuzano, Guzmán Ramírez, Mascarúa, el Caballero de Illescas y el Bravo de los Galeones.

Miré a unos y a otros, desconcertado al principio. En cuanto a calidad de hombres, la desproporción era poco sutil. Al cabo comprendí que Alatriste ponía a los mejores bajo el mando de Copons, reservándose para sí los más indisciplinados o menos de fiar, salvo alguna excepción como el mulato Campuzano, y tal vez Bartolo Cagafuego, que pese a ser más valentón que valiente, por vergüenza pelearía bien a la vista del capitán. Eso significaba que el grupo de proa era el que iba a decidir la partida; mientras los de popa, carne de matadero, soportarían lo peor del combate. Y si algo salía mal o los de proa se retrasaban mucho, a popa tendrían también el mayor número de bajas.

–El plan –prosiguió Alatriste– es cortar el cable del ancla para que el barco derive hacia la costa y embarranque en una de las lenguas de arena que están frente a la punta de San Jacinto. El grupo de proa llevará dos hachas para eso... Todos permaneceremos a bordo hasta que el barco toque fondo en la barra... Entonces iremos a tierra, que desde allí puede alcanzarse con el agua por el pecho, dejando el asunto en manos de otra gente que está prevenida.

Los hombres se miraron. Del bosquecillo de pinos llegaba el chirrido monótono de las cigarras. Con el zumbido de las moscas que nos acosaban en enjambres, ese fue el único sonido que se oyó mientras cada cual meditaba para sí.

–¿Habrá resistencia fuerte? –preguntó Juan Jaqueta, que se mordía pensativo las patillas.

–No lo sé. Por lo menos, esperémosla razonable.

–¿Cuántos herejes hay a bordo?

–No son herejes sino flamencos católicos, pero da lo mismo. Calculamos entre veinte y treinta, aunque muchos saltarán por la borda... Y hay algo importante: mientras queden tripulantes vivos, ninguno de nosotros pronunciará una palabra en español –Alatriste miró a Saramago el Portugués, que escuchaba atento con su grave aspecto de hidalgo flaco, el libro de costumbre asomándole por un bolsillo del jubón–. Vendría bien que este caballero grite algo en su lengua, y que quienes conozcan palabras inglesas o flamencas dejen también caer alguna –el capitán se permitió una ligera sonrisa bajo el mostacho–... La idea es que somos piratas.

Aquello distendió el ambiente. Hubo risas y los hombres se miraron entre sí, divertidos. Entre semejante parroquia, eso tampoco estaba demasiado lejos de la realidad.

–¿Y qué pasa con los que no se tiren al agua? –quiso saber Mascarúa.

–Ningún tripulante llegará vivo al banco de arena... Cuantos más asustemos al principio, menos habrá que matar.

–¿Y los heridos, o los que pidan cuartel?

–Esta noche no hay cuartel.

Algunos silbaron entre dientes. Hubo palmadas guasonas y risas en voz baja.

–¿Y qué hay de nuestros heridos? –preguntó Ginesillo el Lindo.

–Bajarán con nosotros y serán atendidos en tierra. Allí cobraremos todos, y cada mochuelo a su olivo.

–¿Y si hay muertos? –el Bravo de los Galeones sonreía con su cara acuchillada–... ¿Se cobra suma fija, o repartimos al final?

–Ya veremos.

El jaque observó a sus camaradas y después acentuó la sonrisa.

–Sería bueno verlo ahora –dijo con mala fe.

Alatriste se quitó con mucha pausa el sombrero, pasándose una mano por el pelo. Luego se lo puso de nuevo. La forma en que miraba al otro no daba lugar al menor equívoco.

–¿Bueno, para quién?

Había hablado arrastrando las palabras y en voz muy baja; con una consideración en la que ni un niño de teta habría confiado lo más mínimo. Tampoco el Bravo de los Galeones, pues captó el mensaje, apartó la vista, y no dijo más. El contador Olmedilla se había acercado un poco al capitán, y deslizó unas frases en su oído. Mi amo asintió.

–Queda algo importante que acaba de recordarme el caballero... Nadie, bajo ningún concepto –Alatriste paseaba sus ojos de escarcha por la concurrencia–, absolutamente nadie, bajará a las bodegas del barco, ni habrá botines personales, ni nada de nada.

Sangonera alzó una mano, curioso.

–¿Y si algún tripulante se embanasta dentro?

–Si eso pasa, yo diré quién baja a buscarlo.

El Bravo de los Galeones se acariciaba reflexivo el pelo grasiento, recogido en una coleta. Al cabo terminó diciendo lo que todos pensaban.

–¿Y qué es lo que hay en ese tabernáculo, que no puede verse?

–No es asunto vuestro. En realidad ni siquiera es asunto mío. Espero no tener que recordárselo a nadie.

El otro soltó una risa grosera.

–Ni que fuera la vida en ello.

Alatriste lo miró con mucha fijeza.

–Es que va.

–Pardiez, que es tallar demasiado –el jaque se apoyaba en una pierna, bravucón, y luego en la otra–... A fe de quien soy, recuerde vuacé que no trata con hombres mansos que sufran tanta amenaza. Entre yo y los camaradas, el que más y el que menos...

–Lo que sufra o no sufra vuestra merced, se me da un ardite –lo interrumpió muy seco Alatriste–. Es lo que hay, se previno a todos, y nadie puede volverse atrás.

–¿Y si ahora no nos place?

–Muy bellacos suenan esos plurales –el capitán se pasó despacio dos dedos por el mostacho, y luego hizo un gesto indicando el pinar–... En cuanto al singular de vuestra merced, con mucho gusto podemos discutirlo los dos en aquel bosquecillo.

El bravonel apeló en silencio a sus camaradas. Unos lo observaban con remota solidaridad, y otros no. Por su parte, con el espeso ceño fruncido, Bartolo Cagafuego se había incorporado, acercándose amenazador para respaldar al capitán; y yo mismo llevé la mano a la espalda tanteando mi daga. La mayor parte de los hombres desviaba los ojos, sonreía a medias o miraba cómo Alatriste rozaba fríamente la cazoleta de su espada. A nadie parecía incomodarle asistir a una buena riña, con el capitán a cargo de las lecciones de esgrima. Cuantos estaban al tanto de su currículo ya habían tenido ocasión de ilustrar a los demás; y el Bravo de los Galeones, con su bajuna arrogancia y sus aires exagerados de matasiete –que ya era exagerar, entre aquella jábega– no gozaba de simpatías.

–Ya hablaremos otro día –dijo por fin el jaque.

Se lo había pensado mucho, pero no deseaba perder la faz. Algunos de los germanes hicieron muecas decepcionadas, o se dieron con el codo. Lástima. No habría bosquecillo aquella tarde.

–Lo hablaremos –respondió suavemente Alatriste– cuando queráis.

Nadie discutió más, ni sostuvo el envite, ni hizo semblante de pretenderlo. Todo quedó sereno, Cagafuego desarrugó el ceño, y cada cual fue a sus ocupaciones. Entonces observé que Sebastián Copons retiraba la mano de la empuñadura de su pistola.

Zumbaban las moscas posándose en nuestras caras cuando asomamos con precaución la cabeza por la cresta de la duna grande. Ante nosotros, la barra de Sanlúcar estaba muy bien iluminada por la luz del atardecer. Entre la ensenada de Bonanza y la punta de Chipiona, donde el Guadalquivir abríase en el mar cosa de una legua, la boca del río era un bosque de mástiles empavesados y velas de barcos, urcas, galeazas, carabelas, naves pequeñas y grandes, embarcaciones oceánicas y costeras fondeadas entre los bancos de arena o en movimiento por todas partes, y prolongándose todavía el panorama por la costa hacia levante, en dirección a Rota y a la bahía de Cádiz. Algunos aguardaban la marea ascendente para subir hasta Sevilla, otros descargaban las mercancías en embarcaciones auxiliares, o aparejaban para rendir viaje en Cádiz después que los funcionarios reales subieran para comprobar su carga. En la otra orilla podíamos ver a lo lejos la próspera Sanlúcar extendida sobre la margen izquierda, con sus casas nuevas bajando hasta el borde mismo del agua y el enclave antiguo y amurallado sobre la colina, donde destacaban las torres del castillo, el palacio de los duques, la Iglesia Mayor y el edificio de la aduana vieja, que a tanta gente enriquecía en jornadas como aquélla. Dorada por la luz del sol, con la arena de su marina salpicada de barquitas de pescadores varadas, la ciudad baja hervía de gente y de pequeños botes con velas yendo y viniendo hacia los barcos.

—Ahí está el *Virgen de Regla* —dijo el contador Olmedilla.

Hablaba bajando la voz, como si pudieran oírnos al otro lado del río, y se enjugaba el sudor del rostro con un pañizuelo empapado. Estaba más pálido que nunca. No era hombre de caminatas ni de arrastrarse tras dunas ni arbustos, y el esfuerzo y el calor empezaban a hacerle mella. Su índice manchado de tinta indicaba un galeón grande, fondeado entre Bonanza y Sanlúcar, al resguardo de una lengua de arena que la bajamar empezaba a descubrir. Tenía la proa en dirección al vientecillo del sur que rizaba la superficie del agua.

–Y aquél –añadió señalando otro más próximo– es el *Niklaasbergen*.

Seguí la mirada de Alatriste. Con el ala del sombrero sobre los ojos para protegérselos del sol, el capitán observó cuidadosamente el galeón holandés. Estaba fondeado aparte, cerca de nuestra orilla, hacia la punta de San Jacinto y la torre vigía que allí se levantaba para prevenir incursiones de los piratas berberiscos, holandeses e ingleses. El *Niklaasbergen* era una urca negra de brea, con tres palos en cuyas gavias estaban aferradas las velas. Era corto y feo, de apariencia torpe, con la popa muy alta pintada bajo el fanal en colores blancos, rojos y amarillos: un barco de lo más común, dedicado al transporte, que no llamaba la atención. También apuntaba su proa al sur, y tenía las portas de los cañones abiertas para ventilar las cubiertas bajas. Veíamos poco movimiento a bordo.

–Estuvo fondeado junto al *Virgen de Regla* hasta que se hizo de día –explicó Olmedilla–. Luego vino a echar el ancla ahí.

El capitán estudiaba cada detalle del paisaje, como un ave rapaz que debiera lanzarse luego a oscuras sobre su presa.

–¿Tienen todo el oro a bordo? –preguntó.

–Falta una parte. No han querido quedarse junto al otro barco para no despertar sospechas... El resto lo traen al anochecer, en botes.

–¿De cuánto tiempo disponemos?

–No zarpa hasta mañana, con la pleamar.

Olmedilla indicó las piedras de un viejo cobertizo de almadraba en ruinas que había en la orilla. Más allá podía verse un banco arenoso que la bajamar dejaba al descubierto.

–Aquél es el sitio –dijo–. Incluso con marea alta, puede llegarse a pie hasta la orilla.

Alatriste entornó más los ojos. Observaba con prevención unas rocas negras que velaban en el agua, algo más adentro.

–Ahí está el bajo que llaman del Cabo –dijo–. Lo recuerdo bien... Las galeras procuraban evitarlo siempre.

–No creo que deba preocuparnos –respondió Olmedilla–. A esa hora nos favorecerán la marea, la brisa y la corriente del río.

–Más vale. Porque si en vez de dar con la quilla en la arena damos en esas piedras, nos iremos al fondo... Y el oro también.

A rastras, procurando no alzar las cabezas, retrocedimos hasta reunirnos con el resto de los hombres. Estaban tumbados sobre capas y gabanes, aguardando con la estolidez propia de su oficio; y sin que nadie hubiese dicho nada al respecto, por instinto se habían juntado unos a otros hasta agruparse en la misma compaña que tendrían durante el abordaje.

El sol desaparecía tras el bosquecillo de pinos. Alatriste fue a sentarse en su capa, cogió la bota de vino y bebió un trago. Yo extendí mi manta en el suelo, al lado de Sebastián Copons; el aragonés dormitaba boca arriba, un pañuelo sobre la cara para protegerse de las moscas, las manos cruzadas sobre el mango de su daga. Olmedilla vino junto al capitán. Tenía los dedos entrelazados y giraba los pulgares.

–Yo también voy –dijo en voz baja.

Observé cómo Alatriste, con la bota a medio camino, lo miraba atento.

–No es buena idea –dijo tras un instante.

Al contador, la piel pálida, el bigotillo, la barbita descuidada por el viaje, le daban un aspecto frágil; pero apretaba los labios, obstinado.

–Es mi obligación –insistió–. Soy funcionario del rey.

El capitán estuvo un rato pensativo, secándose el vino del mostacho con el dorso de la mano. Al fin dejó la bota y se recostó en la arena.

–Como gustéis –dijo de pronto–. Yo en cuestiones de obligación nunca me meto.

Todavía se quedó un poco callado, caviloso. Luego encogió los hombros.

–Iréis con el grupo de proa –dijo al cabo.

–¿Por qué no con vuestra merced?

–No pongamos todos los huevos en el mismo cesto.

Olmedilla me dirigió un vistazo, que sostuve sin pestañear.

–¿Y el mozo?

Alatriste me miró como al descuido, y luego soltó la hebilla del cinto con la espada y la daga, enrollando la pretina en torno a las armas. Después lo puso todo bajo la manta doblada que le servía de almohada, y se desabrochó el jubón.

–Íñigo viene conmigo.

Se tumbó con el sombrero echado sobre la cara, dispuesto a descansar. Olmedilla cruzaba los dedos, observaba al capitán y volvía a juguetear con las manos. Su impasibilidad parecía menos firme que otras veces; como si una idea que no se atreviese a expresar le rondara la cabeza.

–¿Y qué pasará –se decidió por fin– si el grupo de proa se retrasa, o no consigue limpiar a tiempo la cubierta?... Quiero decir si... Bueno... Si a vuestra merced, capitán, le pasa algo.

Alatriste no se movió bajo el chapeo que le ocultaba las facciones.

–En tal caso –dijo– el *Niklaasbergen* ya no será asunto mío.

Me dormí. Como muchas veces había ocurrido en Flandes antes de una marcha o de un combate, cerré los párpados y aproveché el espacio que tenía por delante para reponer fuerzas. Al principio fue una duermevela indecisa, abriendo de vez en cuando los ojos para percibir las últimas luces del día, los cuerpos tumbados a mi alrededor, sus respiraciones y ronquidos, las charlas en voz baja y la figura inmóvil del capitán con el sombrero encima. Luego el sopor se hizo más profundo, y me dejé flotar en las aguas negras y mansas, a la deriva por un mar inmenso surcado por velas innumerables que lo llenaban hasta el horizonte. Angélica de Alquézar apareció al fin, como tantas otras veces. Y esta vez me ahogué en sus ojos y sentí de nuevo en mis labios la dulce presión de los suyos. Busqué alrededor, en demanda de alguien a quien gritar mi felicidad; y allí estaban, inmóviles entre la bruma de un canal flamenco, las sombras de mi padre y del capitán Alatriste. Me uní a ellos chapoteando en el barro, a punto para desenvainar la espada frente a un ejército inmenso de espectros que salían de sus tumbas, soldados muertos, con petos y morriones oxidados, que empuñaban armas en sus manos huesudas, mirándonos desde los abismos de sus calaveras. Y abrí la boca para gritar en silencio palabras viejas que ya carecían de sentido, porque el tiempo me las iba arrancando una por una.

Desperté con la mano del capitán Alatriste en mi hombro. «Ya es la hora», susurró en voz muy baja, casi rozándome la oreja con el mostacho. Abrí los ojos a la noche. Nadie había encendido fuegos, ni se veían luces. La luna, menguante y muy escasa, apenas iluminaba ya; pero su claridad aún daba vagos perfiles a las siluetas negras que se movían en torno a mí. Oí deslizar de aceros en sus vainas, hebillas de cintos y corchetes al abrocharse, frases cortas dichas en murmullos. Los hombres se ajustaban las ropas, cambiaban los sombreros por lienzos y pañizuelos anudados en torno a la frente, y envolvían las armas con trapos para que el entrechocar de hierro no los delatase. Como había ordenado el capitán, las pistolas se dejaban allí, con el resto de la impedimenta. El *Niklaasbergen* iba a ser abordado al arma blanca.

Deshice a tientas el fardo de nuestra ropa y me enfundé mi coleto nuevo de ante, todavía lo bastante rígido y grueso para protegerme el torso de las cuchilladas. Luego me até bien las esparteñas, aseguré mi daga en el cinto para no perderla, con un cordel atado a la guarnición, y me colgué de un tahalí de cuero la espada del alguacil. A mi alrededor los hombres bebían un último trago de sus pellejos de vino, orinaban para aliviarse antes de la acción, cuchicheaban. Alatriste y Copons tenían las cabezas próximas mientras el aragonés recibía las últimas instrucciones. Al retroceder un paso topé con el contador Olmedilla, que me reconoció, dándome una corta y seca palmadita en la espalda; lo que en tan agrio personaje podía considerarse razonable expresión de afecto. Advertí que también llevaba espada al cinto.

—Vámonos —dijo Alatriste.

Echamos a andar, hundiendo los pies en la arena. Reconocí algunas de las sombras que pasaban a mi lado: la alta y delgada figura de Saramago el Portugués, el corpachón de Bartolo Cagafuego, la menuda silueta de Sebastián Copons. Alguien dijo una chanza en susurros, y oí, apagada, la risa del mulato Campuzano. Tronó entonces la voz del capitán ordenando silencio, y nadie volvió a hablar alto.

Al pasar junto al bosquecillo de pinos resonó el rebuzno de una mula, y miré hacia allá, curioso. Había caballerías ocultas entre los árboles, y confusas figuras humanas junto a ellas. Sin duda se trataba de la gente que más tarde, cuando el galeón estuviese varado en la barra, se encargaría de transbordar el oro. Para confirmar mis sospechas, tres siluetas negras se destacaron del pinar, y Olmedilla y el capitán se detuvieron con ellas, de conciliábulo. Creí reconocer a los falsos cazadores que habíamos visto por la tarde. Luego desaparecieron, Alatriste dio una orden, y reanudamos la marcha. Ahora ascendíamos por la ladera empinada de una duna, hundiéndonos en ella hasta los tobillos, y la claridad de la arena recortaba con más nitidez nuestras figuras. En la cima, el rumor del mar llegó hasta nosotros y la brisa nos acarició la cara. Había una mancha oscura y extensa en la que brillaban, hasta el horizonte negro como el cielo, los puntitos luminosos de los fanales de los barcos fondeados, de manera que las estrellas parecían reflejadas en el mar. A lo lejos, en la otra orilla, veíamos las luces de Sanlúcar.

Bajamos a la playa, con la arena amortiguando el ruido de los pasos. A mi espalda oí la voz de Saramago el Portugués, recitando bajito:

Porem eu cos pilotos na arenosa
praia, por vermos em que parte estou,
me detenho em tomar do sol a altura
e compassar a universal pintura...

Alguien preguntó qué diablos era aquello, y el Portugués, sin alterarse, respondió con su educado acento y sus eses prolongadas que era Camoens, que no todo iban a ser malditos Lopes y Cervantes, que él antes de batirse recitaba lo que le salía de los hígados, y que si a alguien incomodaba *Os Lusíadas* tendría mucho gusto en acuchillarse con él y con su santa madre.

–Éramos pocos y parió el Tajo –murmuró alguien.

No hubo más comentarios, el Portugués continuó entre dientes con sus versos, y seguimos camino. Junto a las estacas de una encañizada de pescadores vimos dos barcas esperando, con un hombre en cada una. Nos agrupamos en la orilla, expectantes.

–Conmigo los míos –dijo Alatriste.

Iba sin sombrero, con el coleto de piel de búfalo, la espada y la vizcaína al cinto. A su orden los hombres se dividieron en los grupos previstos. Oíanse despedidas y deseos de buena suerte, alguna broma y las naturales fanfarronadas sobre las almas que pensaba aliviar cada uno. No faltaban los nervios disimulados, los tropezones en la oscuridad ni los pardieces. Sebastián Copons pasó cerca, seguido de su gente.

–Dame un rato –le dijo en voz baja el capitán–. Pero no mucho.

El otro asintió en silencio, como solía, y se quedó allí mientras sus hombres embarcaban. El último era el contador Olmedilla. Su ropa negra lo hacía parecer más oscuro aún. Chapoteó heroicamente torpe en el agua mientras lo ayudaban a subir al bote, porque se había trabado las piernas con su propia espada.

–También cuídalo, si puedes –le dijo Alatriste a Copons.

–Cagüendiela, Diego –respondió el aragonés, que se anudaba el cachirulo en torno a la cabeza–. Demasiados encargos para una noche.

Alatriste emitió una risa queda, entre dientes.

–Quién nos lo iba a decir, ¿verdad?... Degollar flamencos en Sanlúcar.

Copons soltó un gruñido.

–Cuenta. Puestos a degollar, igual da un sitio que otro.

El grupo de popa ya embarcaba también. Fui con ellos, me mojé los pies, pasé la pierna sobre la regala y me acomodé en un banco. Un momento más tarde, el capitán se reunió con nosotros.

–A los remos –dijo.

Pusimos los cordeles de los maderos en los escálamos y empezamos a bogar, alejándonos de la orilla, mientras el marinero del bote dirigía el timón hacia una luz cercana que rielaba en el agua rizada por la brisa. El otro bote se mantenía cerca, silencioso, metiendo y sacando con mucho tiento los remos en el agua.

–Despacio –dijo Alatriste–... Despacio.

Con los pies apoyados en el banco de delante, sentado junto a Bartolo Cagafuego, yo doblaba el espinazo en las paladas, antes de echar el cuerpo hacia atrás tirando fuerte del remo. Al final de cada movimiento quedaba mirando hacia arriba, a las estrellas que se dibujaban nítidas en la bóveda del cielo. Al inclinarme hacia adelante, a veces me volvía observando a mi espalda, entre las cabezas de los camaradas. La luz de popa del galeón estaba cada vez más cerca.

–A la postre –murmuraba Cagafuego, rezongante sobre el remo– no me libré de bogallas.

El otro bote empezó a alejarse del nuestro, con la pequeña silueta de Copons erguida en la proa. Pronto desapareció en la oscuridad y sólo se oyó el rumor apagado de sus remos. Después, ni eso. Ahora la brisa era un poco más fresca y el agua se movía en una marejadilla suave que balanceaba la embarcación, obligándonos a estar más atentos al ritmo de la boga. A medio camino el capitán ordenó relevarnos, para que todo el mundo estuviese en condiciones a la hora de subir a bordo. Pencho Bullas se hizo cargo de mi puesto, y Mascarúa ocupó el de Cagafuego.

–Silencio y mucho cuidado –dijo Alatriste.

Estábamos muy cerca del galeón. Yo podía observar con más detalle su oscura y maciza silueta, los palos recortados en el cielo nocturno. El fanal encendido en el alcázar nos indicaba la popa con toda exactitud. Había otro farol en cubierta, iluminando obenques, cordajes y la base del palo mayor, y una luz se filtraba por dos de las portas de los cañones abiertas en el costado. No se veía a nadie.

¡Quietos los remos! –susurró Alatriste.

Los hombres dejaron de bogar, y el bote quedó balanceándose en la marejadilla. Estábamos a menos de veinte varas de la enorme popa. La luz del fanal se reflejaba en el agua, casi ante nuestras narices. Al costado del galeón, hacia

la aleta, había amarrado un chinchorro sobre el que pendía
una escala.

—Preparen los arpeos.

Los hombres sacaron de bajo los bancos cuatro ganchos
de abordaje que llevaban atadas cuerdas con nudos.

—A los remos otra vez... En silencio y muy despacio.

Avanzamos de nuevo, mientras el marinero nos dirigía
hacia el chinchorro y la escala. Pasamos así bajo la altísima y
negra popa, buscando los sitios que la luz del fanal dejaba en
sombras. Todos mirábamos hacia arriba conteniendo el resuello, con la aprensión de ver aparecer allí un rostro en
cualquier momento, seguido de un grito de alerta y una gra-
nizada de balas o un cañonazo de metralla. Por fin los remos
cayeron al fondo del bote, y éste se deslizó hasta dar con las
tablas del costado, junto al chinchorro y exactamente bajo
la escala. El ruido del golpe, pensé, habrá despertado a toda la bahía. Pero lo cierto es que nadie gritó dentro, ni hubo
alarma alguna. Un estremecimiento de tensión recorrió el
bote mientras los hombres liberaban de trapos las armas y
se disponían a subir. Me ajusté bien las presillas del coleto.
Por un instante, el rostro del capitán Alatriste quedó muy
cerca del mío. No podía ver sus ojos, pero supe que me estaba observando.

—Cada cual para sí, zagal —me dijo en voz baja.

Asentí a sabiendas de que no podía ver mi gesto. Luego
noté su mano posarse en mi hombro, muy firme y breve. Alcé la vista a lo alto y tragué saliva. La cubierta estaba a cinco
o seis codos sobre nuestras cabezas.

Fui tras él sin pensarlo...

–¡Arriba! –susurró el capitán.

Al fin pude ver su rostro a la luz distante del fanal, el perfil de halcón sobre el mostacho cuando empezó a trepar por la escala, mirando hacia lo alto, con la espada y la daga tintineándole al cinto. Fui tras él sin pensarlo mientras oía a los hombres, ya sin disimulo, arrojar los ganchos de abordaje, que resonaron sobre las tablas de cubierta y al encajarse en la regala. Ahora todo era esfuerzo por trepar, y prisas, y una tensión casi dolorosa que laceraba mis músculos y mi estómago mientras agarraba las cuerdas de la escala y subía a tirones, peldaño a peldaño, resbalando en la tablazón húmeda del costado del barco.

–Mierda de Dios –dijo alguien abajo.

Entonces sonó un grito de alarma sobre nuestras cabezas, y al mirar vi asomarse un rostro iluminado a medias por el fanal. Tenía expresión espantada, y nos veía trepar como si no diera crédito a lo que pasaba. Y tal vez murió sin llegar a creerlo del todo, porque el capitán Alatriste, que ya alcanzaba su altura, le metió la daga por la gola hasta el puño, y el otro desapareció de nuestra vista. Ahora sonaban más voces arriba, y carreras por las entrañas del barco. Algunas cabezas aparecieron cautas por las portas de los cañones y volvieron a meterse dentro, gritando en flamenco. Las botas del capitán me golpearon la cara cuando llegó arriba, saltando a cubierta. En ese momento otro rostro asomó por la borda algo más arriba, sobre el alcázar; vimos una mecha encendida, un tiro de arcabuz resonó con el fogonazo, y algo zurreó rápido y fuerte entre nosotros, dando en un chasquido de carne y huesos rotos. Alguien que estaba subiendo desde el bote, a mi lado, cayó de espaldas al mar con un chapuzón y sin decir esta boca es mía.

—¡Arriba!... ¡Arriba! —apremiaban los hombres tras de mí, empujándose unos a otros para subir.

Apretados los dientes, encogida la cabeza como si pudiera ocultarla entre los hombros, trepé lo que me quedaba tan aprisa como pude, fui al otro lado de la borda, pisé la cubierta, y nada más hacerlo resbalé sobre un enorme charco de sangre. Me incorporé pringoso y aturdido, apoyándome sobre el cuerpo inmóvil del marinero degollado, y detrás de mí apareció en la borda la cara barbuda de Bartolo Cagafuego, los ojos desorbitados por la tensión, acentuada la mueca mellada y feroz por el machete enorme que traía sujeto entre los dientes. Estábamos justo al pie del palo de mesana, junto a la escala que conducía al alcázar. Había ahora más de los nuestros llegando a cubierta por las cuerdas de los arpeos, y era un milagro que no estuviese allí todo el galeón despierto para darnos una linda bienvenida, con el tiro de arcabuz y todo aquel escándalo de pasos y ruidos y carreras y chirriar de aceros al salir de las vainas.

Saqué la espada con la diestra y eché mano con la zurda a la daga, mirando alrededor, confuso, en busca de un enemigo. Y entonces vi que un tropel de hombres armados salía a cubierta desde el interior del barco, y que muchos eran grandes y rubios como los que conocíamos de Flandes, y que había otros a popa y en el combés, y que eran demasiados, y que el capitán Alatriste ya estaba dando tajos

como un diablo para abrirse paso hacia la escala del alcázar.
Acudí en socorro de mi amo, sin comprobar si Cagafuego
y los otros nos seguían o no. Lo hice musitando el nombre
de Angélica como postrera oración; y con la última
sensatez, mientras me lanzaba al asalto
aullando enloquecido, comprendí
que si Sebastián Copons no
llegaba a tiempo, la del
Niklaasbergen iba a
ser nuestra última
aventura.

IX. VIEJOS AMIGOS
Y VIEJOS ENEMIGOS

ambién la mano y el brazo se cansan de matar. Diego Alatriste habría dado lo que le quedaba de vida –que tal vez era muy poco– por bajar las armas y tumbarse en un rincón durante un rato. A esas alturas del combate seguía luchando por fatalismo y por oficio; y tal vez la indiferencia respecto al resultado lo mantenía paradójicamente vivo en medio de la confusa refriega. Peleaba tan sereno como de costumbre, fiado en su golpe de vista y en la respuesta de sus músculos, sin reflexionar. En hombres como él, y en tales lances, dejar a un lado la imaginación y encomendar la piel al instinto, era el modo más eficaz de tener a raya al destino.

Arrancó su espada del hombre que acababa de atravesar y lo empujó de una patada, para ayudarse a liberar la hoja.

A su alrededor todo eran gritos, maldiciones y gemidos; y de vez en cuando un pistoletazo o un tiro de arcabuz flamenco iluminaban la penumbra, dejando entrever los grupos de hombres que se acuchillaban en tropel, y los charcos rojos que el oscilar de la cubierta encaminaba hacia los imbornales.

Sintiéndose dueño de una singular lucidez, paró un golpe de alfanje, hurtó el cuerpo, y respondió con una estocada en el vacío que apenas le importó no lograr. El otro se puso en cobro, y fue a empeñarse con alguien que lo acosaba por detrás. Alatriste aprovechó el respiro para apoyar la espalda en un mamparo y descansar. La escala del alcázar estaba ante él, iluminada desde arriba por el fanal, franca en apariencia. Había tenido que abatir a tres hombres para llegar allí, y nadie lo previno de que encontrarían tantos. El alto castillo de popa era un buen baluarte para resistir hasta que Copons llegase con los suyos; pero cuando Alatriste miró en torno, comprobó que la mayor parte de la gente propia se hallaba trabada a vida o muerte, y que casi todos luchaban y morían en el mismo sitio donde pisaran la cubierta.

Resignado, olvidó el alcázar y volvió sobre sus pasos. Encontró una espalda, tal vez la del mismo hombre que lo había esquivado antes; así que le hundió la daga en los riñones, movió la muñeca para que la hoja describiera dentro un círculo con el máximo destrozo posible, y la sacó mientras el otro caía al suelo aullando como un condenado. Un tiro a bocajarro lo deslumbró muy de cerca; y sabiendo que ninguno de los suyos llevaba pistola, cerró contra el sitio de donde venía el resplandor, dando tajos a ciegas. Topó con alguien, fue a trabarse de brazos, y cayó a la cubierta ensangrentada mientras golpeaba al otro con cabezazos en la cara, una y otra vez, hasta que pudo manejar la daga e introducirla entre ambos. Chilló el flamenco al sentirse herido, y escapó a gatas; revolvióse Alatriste, y un cuerpo le vino encima murmurando en español: «Madre Santísima, Jesús, Madre Santísima». No supo quién era ni tuvo tiempo de averiguarlo. Se desembarazó del caído, poniéndose en pie con la espada en una mano y la daga en la zurda, sintiendo que la oscuridad se volvía roja a su alrededor. Los hombres gritaban de forma espantosa y era imposible dar tres pasos por la cubierta sin resbalar en la sangre.

Cling, clang. Todo parecía transcurrir tan despacio que le sorprendió que entre cada estocada suya no le colaran diez o doce los otros. Sintió un golpe en la cara, muy fuerte, y la boca se le llenó con el gusto metálico y familiar de la sangre. Alzó la espada con la guarda hasta la frente para descargar un tajo de revés contra un rostro cercano: una mancha muy pálida, borrosa, que se desvaneció con un alarido. El flujo y reflujo de la lucha llevaban de nuevo a Alatriste hasta la escala del alcázar, donde había más luz. Entonces comprobó que entre la axila y el codo del brazo izquierdo sostenía la espada arrebatada a alguien, hacía siglos. La dejó caer, revolviéndose a punta de daga porque creía tener enemigos detrás, y en ese instante, cuando iba a dar un contragolpe con la toledana, reconoció el rostro barbudo y feroz de Bartolo Cagafuego, que daba tajos a todas partes sin conocer a nadie, echando espumarajos por la boca. Giró Alatriste en otra dirección, buscando adversarios, justo a tiempo para hacer frente a una pica de abordaje cuya moharra le buscaba la cara. Esquivó, paró, tajó y luego clavó, haciéndose daño en los dedos cuando, al ir a fondo, la punta de la toledana se detuvo en seco con un chasquido, topando en hueso. Retiró el codo para liberar el arma, y al dar un paso atrás tropezó con unos rollos de cordaje y fue a dar de espaldas contra la escalera. Cloc. Ay. Creyó que se había roto el espinazo allí mismo. Alguien le asestaba ahora golpes con la culata de un arcabuz, así que hurtó la cabeza, agachándose. Dio con otro, e incapaz de saber si era amigo o enemigo, dudó, acuchilló y dejó de acuchillar, por si acaso. La espalda le dolía mucho; quiso gemir, para aliviarse –gemir largo, entre dientes, era buena forma de engañar el dolor, desahogándolo–, pero de su garganta no brotó sonido alguno. La cabeza le zumbaba, seguía notando sangre dentro de la boca, y los dedos estaban entumecidos de apretar espada y daga. Por un momento lo invadió el deseo de saltar por la borda. Ya estoy, pensó desolado, demasiado viejo para soportar esto.

Descansó lo preciso para recobrar aliento, y volvió resignado a la pelea. Aquí mueres, se dijo. Y en ese instante, cuando se hallaba al pie de la escala y en el círculo de luz del fanal, alguien gritó su nombre. Lo hizo con una exclamación que era al mismo tiempo de rencor y de sorpresa. Desconcertado, Alatriste se volvió hacia aquella voz, la espada por delante. Y entonces hizo un esfuerzo para tragar saliva y sangre, incrédulo. Que me crucifiquen en el Gólgota, pensó, si no tengo delante a Gualterio Malatesta.

Pencho Bullas murió a mi lado. El murciano estaba batiéndose a cuchilladas con un flamenco, y de pronto el otro le pegó un pistoletazo en la cabeza, tan de cerca que se la arrancó de quijada arriba, plaf, rociándome con los fragmentos. De cualquier modo, antes siquiera de que el flamenco bajara la pistola, yo le había pasado el filo de mi espada por el cuello, muy rápido y seco y apretando fuerte, y el adversario se fue encima de Bullas gorgoteando en su lengua. Hice molinetes alrededor para mantener lejos a quien pretendiera acercarse. La escala del alcázar distaba demasiado para alcanzarla, así que procuré lo que todos: mantenerme vivo el tiempo necesario para que Sebastián Copons nos sacara de allí. Ya no me quedaba resuello para pronunciar el nombre de Angélica ni el de Cristo bendito: reservaba todo el aliento para mi pellejo. Durante un buen rato esquivé estocadas y golpes, devolviendo cuantos pude. A veces, entre la confusión del asalto, creía ver de lejos al capitán Alatriste; pero mis intentos por acercarme resultaron inútiles. Había demasiada gente matándose entre él y yo.

Los nuestros aguantaban el tipo con mucho oficio, peleando con la resolución profesional de quien lo pone todo a la sota de espadas; pero los del galeón eran más de los que esperábamos, y poco a poco nos empujaban hacia la borda por la que habíamos subido. Al menos, me dije, yo sé nadar. El suelo estaba lleno de cuerpos inmóviles o que se arrastraban entre quejidos, haciéndonos tropezar a cada paso. Y empecé a tener miedo. Un miedo que no era exactamente a la muerte –morir es un trámite, había dicho Nicasio Ganzúa en la cárcel de Sevilla–, sino a la vergüenza. A la mutilación, a la derrota y al fracaso.

Alguien atacó. No parecía grande y rubio como la mayor parte de los flamencos, sino cetrino y barbudo. Tiróme varios tajos con los filos, a modo de mandobles, con muy escasa fortuna; pero yo no perdí la cabeza, sino que reparé bien, asenté los pies con buena destreza, y al tercer o cuarto viaje en que el otro apartó el brazo, le entré por los pechos con la rapidez de un gamo, hasta la guarnición misma. Casi choqué con su cara al hacerlo –sentí su aliento en la mía–, fuime con él al suelo sin soltar el puño, y oí quebrarse en su espalda, contra las tablas de cubierta, la hoja de mi toledana. Allí, tal como estaba, le di cinco o seis buenas puñaladas en la barriga. A las primeras me sorprendió oírlo gritar en español, y por un momento pensé que me había equivocado, y que acababa de despachar a un camarada. Pero la luz del combés alumbró a medias un rostro desconocido. Había españoles a bordo, comprendí. Y por el aspecto y el coleto de aquel pájaro, gente de armas.

Me incorporé, confuso. Eso alteraba la situación, pardiez, y no para mejorarla. Quise pensar en lo que significaba; pero el hervor de la refriega era demasiado intenso como para darle vueltas al caletre. Busqué un arma mejor que mi daga, y di con un alfanje de abordaje: hoja ancha, corta, y enorme cazoleta en la empuñadura. Su peso en la mano diome cumplido consuelo. A diferencia de la espada, de filos más sutiles y punta necesaria para herir, aquél permitía abrirse camino a tajos. Así lo hice, chaf, chaf, impresionado yo mismo del chasquido que producía al golpear. Acabé junto a un pequeño grupo formado por el mulato Campuzano, que peleaba con la frente abierta por una brecha sangrante, y el Caballero de Illescas, quien ya se batía con poca resolución, agotado, buscando a ojos vistas un hueco para tirarse al mar.

Una espada enemiga relució ante mí. Alcé el alfanje para desviar el golpe, y aún no había acabado el movimiento cuando, con súbita sensación de pánico, comprendí el error. Pero ya era tarde: en ese instante, por abajo y hacia el costado, algo punzante y metálico perforó el coleto, adentrándose en la carne; y me estremecí hasta la médula cuando sentí el acero deslizarse, rechinando, entre los huesos de mis costillas.

Todo encajaba, pensó fugazmente Diego Alatriste mientras se ponía en guardia. El oro, Luis de Alquézar, la presencia de Gualterio Malatesta en Sevilla y luego allí, a bordo del galeón flamenco. El italiano escoltaba el cargamento, y por eso habían encontrado una resistencia tan inesperada a bordo del *Niklaasbergen*: la mayor parte de los que les hacían frente no eran marineros sino mercenarios españoles, como ellos. En realidad, aquella era una escabechina entre perros de la misma jauría.

... negro y amenazador, con la espada por delante.

No tuvo tiempo de meditar nada más, porque tras la sorpresa inicial –a Malatesta se le veía tan desconcertado como lo estaba él mismo– el italiano ya le venía encima, negro y amenazador, con la espada por delante. De pronto al capitán se le esfumó la fatiga como por ensalmo. Nada tonifica tanto los humores de la sangre como el viejo odio; y el suyo ardió como era debido, bien reavivado y candente. De modo que el deseo de matar resultó más poderoso que el instinto de supervivencia. Alatriste fue incluso más rápido que su adversario, porque cuando llegó la primera estocada, él ya se había afirmado, desviándola con un golpe seco, y la punta de su espada llegó a una pulgada del rostro del otro, que se fue dando traspiés para evitarla. Esa vez, advirtió el capitán yéndole encima, al muy hideputa se le habían quitado las ganas de silbar *tirurí-ta-ta* o alguna otra maldita cosa.

Antes de que se rehiciera el italiano, Alatriste metió pies acosándolo muy de cerca, con los medios de la espada y el tiento de la vizcaína, de manera que a Malatesta no le quedó otra que retroceder, buscando espacio para dar su herida. Chocaron de nuevo, bien recio, bajo la misma escala del alcázar, y siguieron luego de cerca con las dagas y golpeándose con las guarniciones de las toledanas hasta la obencadura de la otra borda. Entonces el italiano dio contra el cascabel de uno de los cañones de bronce que allí estaban, desequilibrándose, y Alatriste gozó viéndole el miedo en los ojos cuando él se volvió de medio lado, le tiró de zurda y luego de diestra, a punta y a revés, con la mala suerte de que en ese último tajo se le volvió al capitán la espada de plano. Aquello bastó al otro para lanzar una exclamación de alegría feroz; y con la eficacia de una serpiente dio tan recia cuchillada, que si Alatriste no llega a saltar atrás, del todo descompuesto, allí mismo habría entregado el ánima.

–Qué pequeño es el mundo –murmuró Malatesta, entrecortado el aliento.

Aún parecía sorprendido de ver allí al viejo enemigo. Por su parte el capitán no dijo nada, limitándose a afirmar de nuevo los pies, muy en guardia. Se quedaron así estudiándose, espadas y dagas en las manos, encorvados y dispuestos a arremeter. En torno continuaba la refriega, y la gente de Alatriste seguía llevando la peor parte. Malatesta echó un vistazo.

–Esta vez pierdes, capitán... Era demasiado ambicioso el mordisco.

Sonreía el italiano con mucho aplomo, negro como la Parca, la luz sucia del fanal ahondándole las cicatrices y las marcas de viruela en la cara.

–Espero –añadió– que no hayas traído al rapaz a este escabeche.

Ése era uno de los puntos débiles de Malatesta, consideró Alatriste mientras le tiraba una estocada alta: hablaba demasiado, y eso abría huecos en su defensa. La punta de la espada tocó al italiano en el brazo izquierdo, haciéndole soltar la daga con un juramento. Le fue encima entonces el capitán por ese hueco, fiando en la suya, largando tan atroz puñalada baja que la destrozó al errar y golpearse con el cañón. Por un instante Malatesta y él se miraron muy de cerca, casi abrazados. Después retiraron las espadas con presteza, para ganar espacio y acuchillar el uno antes que el otro; la diferencia fue que, apoyándose con la mano libre –y dolorida– sobre el cañón, el capitán dio al italiano una patada bien bellaca que lo empujó contra la borda y los obenques. En ese momento hubo un fuerte griterío en el combés, a sus espaldas, y el fragor de nuevos aceros se extendió por la cubierta del barco. Alatriste no se volvió, pendiente como estaba de su enemigo; pero en la expresión de éste, de pronto fúnebre y desesperada, pudo leer que Sebastián Copons acababa de abordar el *Niklaasbergen* por la proa. Y para confirmarlo, el italiano abrió la boca soltando una espantosa blasfemia en su lengua materna. Algo sobre el cazzo di Cristo y la sporca Madonna.

Me arrastré mientras oprimía la herida con las manos, hasta apoyar la espalda en unos cabos adujados en el suelo, junto a la borda. Allí desabroché mis ropas buscándome el tajo, que estaba en el costado derecho; pero no pude verlo en la oscuridad. Apenas dolía, salvo en las costillas que el acero había tocado. Sentí cómo la sangre se derramaba dulcemente entre mis dedos, corriéndome cintura abajo, por los muslos, hasta mezclarse con la que ya empapaba las tablas de la cubierta. Debo hacer algo, pensé, o me desangro aquí como un verraco. La idea me hizo desfallecer, y aspiré aire en boqueadas luchando por seguir consciente; un desvanecimiento era el modo más cierto de vaciarme por la herida. Alrededor seguía la pelea, y todos estaban harto ocupados para que yo pidiese ayuda; con el agravante de que podía acudir un enemigo que me rebanase lindamente el pescuezo. Así que resolví cerrar la boca y apañármelas solo. Dejándome caer despacio sobre el costado sano, metí un dedo en la herida para comprobar lo honda que era. No pasaba de dos pulgadas, calculé: el coleto de ante había amortizado de sobra los veinte escudos del precio. Podía respirar bien y el pulmón parecía indemne; pero la sangre seguía fluyendo y me debilitaba cada vez más. Tengo que atajar esto, me dije, o encargar misas. En otro sitio habría bastado un puñado de tierra para formar el coágulo, pero allí no había nada de eso. Ni siquiera un pañuelo limpio. De algún modo había arrastrado mi daga conmigo, porque la tenía entre las piernas. Corté un trozo del faldón de la camisa, y me lo apreté en la herida. Aquello escoció de veras. Dolió muchísimo, y tuve que morderme los labios para no gritar.

Empezaba a perder el sentido. Hice lo que pude, me dije, intentando consolarme antes de caer en el pozo negro que se abría a mis pies. No pensaba en Angélica ni pensaba en nada. Cada vez más débil, apoyé la cabeza en la borda, y entonces me pareció que ésta se movía. Sin duda es mi cabeza que da vueltas, concluí. Pero entonces reparé en que el ruido del combate había amainado allí, y que ahora había muchas voces y escándalo algo más lejos en cubierta, hacia el combés y la proa. Algunos hombres me pasaron por encima, casi pateándome en sus prisas, y se arrojaron al agua. Oía sus chapoteos y sus gritos de pánico. Miré hacia arriba, aturdido, y me pareció que alguien había trepado a la gavia de la vela mayor y cortaba los matafiones, porque ésta se desplegó de pronto, cayendo medio hinchada por la brisa. Entonces torcí la boca en una mueca estúpida y feliz. Una mueca que debía de ser una sonrisa, pues comprendí que habíamos vencido, que el grupo de proa había logrado cortar el cabo del ancla, y que el galeón derivaba en la noche, hacia los bancos de arena de San Jacinto.

Espero que tenga lo que hay que tener y no se rinda, pensó Diego Alatriste, afirmándose de nuevo con la espada. Confío en que este perro siciliano tenga la decencia de no pedir cuartel, porque voy a matarlo de cualquier manera, y no quiero hacerlo cuando esté desarmado. Con ese pensamiento, espoleando por la urgencia de zanjar aquello y no cometer errores de última hora mientras lo intentaba, reunió cuantas fuerzas le quedaban para asestarle a Gualterio Malatesta una furiosa serie de estocadas, tan rápidas y brutales que ni el mejor esgrimista del mundo las habría encajado sin sacar pies. El otro retrocedió cubriéndose a duras penas; pero tuvo la frialdad suficiente, cuando el capitán apuró el último golpe, de meter una cuchillada oblicua, alta, que no le tajó la cara por el grueso de un cabello. La pausa bastó a Malatesta para echar un rápido vistazo alrededor, comprobar el estado de las cosas en cubierta y advertir que el galeón derivaba hacia la costa.

–Rectifico, Alatriste. Esta vez ganas tú.

No había terminado de hablar cuando el capitán le dio un piquete con la punta, en un ojo; y el italiano apretó los dientes y soltó un quejido, llevándose el dorso de la mano libre a la cara, por donde le corría un reguero de sangre. Todavía así, con mucho cuajo, compuso una estocada furiosa, a ciegas, que casi traspasó el coleto de Alatriste, haciéndolo retroceder tres pasos.

–Al infierno –masculló Malatesta–. Tú y el oro.

Entonces le tiró la espada, intentando acertarle en el rostro, se encaramó a los obenques y saltó como una sombra en la oscuridad. Corrió Alatriste a la borda, tajando el aire, pero sólo pudo oír el chapuzón en las aguas negras. Y se quedó allí inmóvil, exhausto, mirando estúpidamente el mar en tinieblas.

–Siento el retraso, Diego –dijo una voz a su espalda.

Sebastián Copons estaba a su lado, resoplando de fatiga, con su cachirulo en torno a la frente y la espada en la mano, cubierto de sangre como por una máscara. Alatriste asintió con la cabeza, el aire todavía ausente.

–¿Muchas bajas?...

–La mitad.

–¿Íñigo?

–Regular. Un tajo pequeño en el pecho... Pero no le sale aire.

Alatriste asintió de nuevo, y siguió mirando la siniestra mancha negra del mar. A su espalda resonaban los gritos de triunfo de sus hombres, y los alaridos de los últimos defensores del *Niklaasbergen* al ser degollados mientras se rendían.

Me sentí mejor cuando dejó de fluir la sangre, y mis piernas recobraron las fuerzas. Sebastián Copons había hecho un vendaje de fortuna sobre la herida, y con ayuda de Bartolo Cagafuego fui a reunirme con los otros al pie de la escalera del alcázar. Los nuestros desalojaban la cubierta arrojando cadáveres por la borda, tras despojarlos de cuanto objeto de valor les encontraban encima. Caían con siniestras zambullidas, y nunca llegué a saber cuántos del barco, flamencos y españoles, murieron aquella noche. Quince o veinte; tal vez más. El resto se había arrojado al mar durante el combate y ahora nadaba o se ahogaba atrás, en la estela que el galeón, favorecido por la brisa del nordeste, iba dejando en el agua oscura, en su deriva de través hacia los bancos de arena.

En la cubierta, aún resbaladiza de sangre, yacían a la luz del farol los cuerpos de nuestros muertos. Los del grupo de popa habíamos llevado la peor parte. Estaban allí inmóviles, el pelo revuelto, los ojos abiertos o cerrados, en las actitudes que tenían al sorprenderlos la Parca: Sangonera, Mascarúa, el Caballero de Illescas y el murciano Pencho Bullas. Guzmán Ramírez se había perdido en el mar, y Andresito el de los Cincuenta agonizaba gimiendo en voz baja, encogido junto a la cureña de un cañón, cubierto por el jubón que al-

guien le había echado encima para taparle las tripas que se
derramaban hasta las rodillas. Salían heridos de menos consideración Enríquez el Zurdo, el mulato Campuzano y Saramago el Portugués. Había otro cadáver tendido en la cubierta,
y lo estuve mirando un rato sorprendido, pues semejante
posibilidad no me había pasado por la imaginación: el contador Olmedilla conservaba los párpados medio abiertos, como si hasta el último instante hubiese velado por que todo
fuera en cumplimiento de lo debido a quienes pagaban su
estipendio de funcionario. Estaba algo más pálido que de
costumbre, impreso el rictus malhumorado bajo su bigotito
de ratón cual si lamentara no disponer de tiempo para rese-
ñarlo todo con tinta, papel y buena letra, en el acostumbrado documento oficial. La máscara de la muerte hacía más
insignificante su aspecto, estaba muy quieto y parecía muy
solo. Y me contaron que había subido al abordaje con el
grupo de proa, trepando con enternecedora torpeza por los
cordajes, dando ciegos mandobles con la espada que apenas
sabía manejar, y que había caído enseguida, sin gritar ni que-
jarse, por un oro que no era suyo. Por un rey al que apenas
vio alguna vez de lejos, que ignoraba su nombre, y que de
haberse cruzado con él en cualquier despacho, ni siquiera le
habría dirigido la palabra.

Cuando me vio, Alatriste vino, palpó con suavidad la herida, y luego me puso una mano en el hombro. A la luz del
farol pude ver que sus ojos mantenían la expresión absorta
de la lucha, más allá de cuanto nos rodeaba.

–Celebro verte, zagal –dijo.

Pero yo supe que no era cierto. Que tal vez lo celebrara más tarde, cuando los pulsos recobrasen el ritmo habitual y todo encajara de nuevo en su sitio; pero en ese momento las palabras no eran más que palabras. Sus pensamientos estaban todavía pendientes de Gualterio Malatesta, y también de la deriva del galeón hacia los bancos de San Jacinto. Apenas miró los cadáveres de los nuestros, e incluso a Olmedilla dedicó sólo una breve ojeada. Nada parecía sorprenderle, ni alterar el hecho de que él seguía vivo y quedaban cosas por hacer. Mandó al Galán Eslava a la banda de sotavento para que avisara si dábamos en la barra de arena o en el bajo del Cabo, ordenó a Juan Jaqueta que mantuviese la vigilancia por si quedaba algún enemigo escondido, y recordó que nadie bajaría a las cubiertas inferiores con ningún pretexto. Pena de vida, repitió sombrío; y Jaqueta, tras observarlo fijamente, asintió con la cabeza. Luego, acompañado por Sebastián Copons, Alatriste descendió a las entrañas del barco. Por nada del mundo me habría perdido aquello, de modo que aproveché los privilegios de mi situación para irles a la zaga, pese al dolor de mi herida, procurando no hacer movimientos bruscos que la hicieran sangrar más.

Copons llevaba un farol y una pistola que había cogido de cubierta; y Alatriste, la espada desnuda. Recorrimos así las cámaras y las bodegas sin encontrar a nadie –vimos una mesa puesta, con la comida intacta en una docena de platos–, y al fin llegamos a una escala que se hundía en la oscuridad. Al final había una puerta cerrada con una gruesa barra de hierro y dos candados. Copons me entregó el farol, fue en busca de un hacha de abordaje, y al cabo de unos cuantos golpes quedó derribada la puerta. Alumbré dentro.

–Cagüenlostia –murmuró el aragonés.

Allí estaban el oro y la plata por los que nos habíamos matado en cubierta. Estibado a modo de lastre en la bodega, el tesoro venía apilado en barriles y cajas bien amarradas unas a otras. Los lingotes y barras de oro relucían como un increíble sueño dorado, empedrando la cala. En las minas lejanas del Perú y Méjico, lejos de la luz del sol, bajo el látigo de los capataces, miles de esclavos indios habían dejado la salud y la vida para que ese metal precioso llegara hasta allí y fuese a pagar las deudas del imperio, los ejércitos y las guerras que España libraba contra media Europa, o aumentara la fortuna de banqueros, funcionarios, nobles sin escrúpulos, y en este caso la bolsa del mismo rey. Las barras de oro reflejaban su brillo en las pupilas del capitán Alatriste, en los ojos muy abiertos de Copons. Y yo asistía al espectáculo, fascinado.

–Somos idiotas, Diego –dijo el aragonés.

Lo éramos, sin duda. Y vi que el capitán asentía lentamente a las palabras de su camarada. Lo éramos por no izar todas las velas, si hubiéramos sabido cómo hacerlo, y seguir navegando, no hacia los bancos de arena, sino hacia el mar abierto, hacia las aguas que bañaban tierras habitadas por hombres libres sin amo, sin dios y sin rey.

–Virgen santa –dijo una voz a nuestra espalda.

Nos volvimos. El Bravo de los Galeones y el marinero Suárez estaban en la escalera, mirando el tesoro con las caras desencajadas. Traían sus armas en las manos, y talegos a la espalda donde habían ido metiendo cuanto de valor encontraban a su paso.

—¿Qué hacen aquí? –preguntó Alatriste.

Cualquiera que lo hubiese conocido habría tenido mucho tiento con el tono de su voz. Pero aquellos dos no lo conocían demasiado.

—Dar un paseo –repuso el Bravo de los Galeones con mucha desvergüenza.

El capitán se pasó dos dedos por el mostacho. Sus ojos estaban inmóviles como cuentas de vidrio.

—Ordené que no bajara nadie.

—Ya –el Bravo chasqueó la lengua. Sonreía codicioso, con una mueca feroz en el rostro lleno de marcas y puntos–. Y ahora vemos por qué.

Seguía contemplando con ojos de insania el tesoro que centelleaba en la bodega. Luego cambió una mirada con Suárez, que había dejado su talego en los escalones y se rascaba la cabeza incrédulo, aturdido por el descubrimiento.

—Me parece, compañero –le dijo el Bravo de los Galeones–, que habrá que hablar de esto con los otros... Sería linda chanza que...

Las palabras se ahogaron en su garganta cuando Alatriste, sin más preámbulos, le pasó el pecho con la espada, y con tanta rapidez que cuando el jaque se miró el golpe, estupefacto, el acero ya estaba otra vez fuera de la herida. Cayó con la boca abierta y un suspiro desesperado, primero sobre el capitán, que se apartó, y luego rodando por los escalones, hasta el pie mismo de un barril lleno de plata. Al ver aquello,

Suárez soltó un horrorizado voto a Cristo y levantó el alfanje que llevaba en la mano; pero pareció pensarlo mejor,
pues en el acto giró sobre sus talones y empezó a subir por
la escalera a toda prisa, ahogando un chillido de angustia.
Y siguió chillando hasta que Sebastián Copons, que había
desenvainado la daga, corrióle al alcance, atrapándolo por un
pie, y tras hacerlo caer, le fue encima, lo asió por el pelo, y
echándole hacia atrás con violencia la cabeza, lo degolló en
un jesús.

Yo asistí a la escena paralizado por el estupor. Inmóvil y sin atreverme a mover un dedo, vi que Alatriste limpiaba la espada en el cuerpo del Bravo de los Galeones,
cuya sangre se derramaba hasta manchar los lingotes de
oro apilados en el suelo. Luego hizo algo extraño: escupió,
cual si tuviera algo sucio en la boca. Escupió al aire como
para sí mismo, o como quien suelta una blasfemia silenciosa; y al encontrarse mis ojos con los suyos me estremecí, porque miraba igual que si no me conociera, y por un
instante llegué a temer que también me clavara a mí la espada.

—Vigila la escalera —le dijo a Copons.

Asintió el aragonés, que también limpiaba su daga arrodillado junto al cuerpo inerte de Suárez. Después Alatriste
pasó a su lado sin mirar apenas el cadáver del marinero, y
subió a cubierta. Lo seguí, aliviado por dejar atrás el paisaje
atroz de la bodega, y una vez arriba vi que Alatriste se detenía respirando hondo, como en busca del aire que le hubiera faltado abajo. Entonces el Galán Eslava gritó desde la

borda, y casi al mismo tiempo sentimos rechinar la arena bajo la quilla del galeón. Cesó el movimiento, la cubierta quedó inclinada de través, y los hombres señalaron las luces que se movían en tierra, viniendo a nuestro encuentro. El *Niklaasbergen* había embarrancado en los bajos de San Jacinto.

Fuimos a la borda. Había barcas remando en la oscuridad, y una fila de luces se adelantaba despacio, al extremo de la lengua de arena que, al iluminarla con faroles, clareaba el agua bajo el galeón. Alatriste echó una ojeada a la cubierta.

–Nos vamos –le dijo a Juan Jaqueta.

El otro dudó un momento.

–¿Dónde están Suárez y el Bravo? –preguntó, inquieto–. Lo siento, capitán, pero no pude evitar... –se interrumpió de pronto, observando con mucha atención a mi amo bajo la luz del combés–. Disculpad... Habría tenido que matarlos, para impedir que bajaran.

Se calló un instante.

–Matarlos –repitió en voz baja, confuso.

Sonó más a interrogación que a otra cosa. Pero no hubo respuesta. Alatriste seguía mirando alrededor.

–Abandonamos el barco –dijo, dirigiéndose a los hombres de la cubierta–. Socorran a los heridos.

Jaqueta continuaba observándolo. Aún parecía aguardar una respuesta.

–¿Qué ha pasado? –preguntó sombrío.

–Ellos no vienen.

Habíase vuelto al fin a encararlo, con mucha frialdad y mucha calma. Abrió la boca el otro, pero al cabo no dijo nada. Se quedó así un momento y luego terminó por volverse a los hombres, apremiándolos a obedecer. Las barcas y las luces se acercaban más, y los nuestros empezaron a descender por la escala hasta la lengua de arena que la bajamar descubría bajo el galeón. Sosteniendo con cuidado a Enríquez el Zurdo, que sangraba mucho por la nariz rota y tenía un par de feos tajos en los brazos, bajaron Bartolo Cagafuego y el mulato Campuzano, que llevaba la frente vendada como si luciera un turbante. Por su parte, Ginesillo el Lindo ayudaba a Saramago, que se dolía cojeando de una cuchillada de palmo y medio en un muslo.

–Casi me llevan los aparejos –se lamentaba el Portugués.

Los últimos fueron Jaqueta, que antes cerró los ojos de su compadre Sangonera, y el Galán Eslava. En cuanto a Andresito el de los Cincuenta, nadie tuvo que ocuparse de él porque hacía rato que estaba muerto. Copons apareció por la escala de la bodega, y sin reparar en nadie se dirigió a la borda. En ese momento asomó por ella un hombre, en el que reconocí al del bigote bermejo que por la tarde había estado conferenciando con el contador Olmedilla. Venía con las mismas ropas de cazador, armado hasta las encías, y tras él subieron varios más. Pese al disfraz, todos tenían aspecto de soldados. Repasaron con curiosidad profesional los cuerpos muertos de los nuestros, la cubierta manchada de sangre, y el del bigote bermejo se quedó observando un rato el cadáver de Olmedilla. Luego vino hasta el capitán.

–¿Cómo pasó? –quiso saber, señalando el cuerpo del contador.

–Pasó –dijo Alatriste, lacónico.

El otro se lo quedó mirando con mucha atención.

–Buen trabajo –dijo por fin, ecuánime.

Alatriste no respondió. Por la borda seguían subiendo hombres muy bien armados. Algunos traían arcabuces con las mechas encendidas.

–Me hago cargo del barco –dijo el del bigote bermejo– en nombre del rey.

Vi que mi amo asentía, y lo seguí al dirigirse a la borda por donde Sebastián Copons se descolgaba ya. Entonces Alatriste se volvió hacia mí, el aire todavía ausente, y me pasó un brazo por detrás, para ayudarme. Fui a apoyarme en él, sintiendo en sus ropas el olor del cuero y el hierro mezclado con la sangre de los hombres que había matado aquella noche. Bajó así por la escala sosteniéndome con cuidado, hasta que pusimos pie en la arena. El agua nos llegaba por los tobillos. Después nos mojamos algo más al caminar hacia la playa, hundiéndonos hasta la cintura, de modo que llegó a escocerme mucho la herida. Y a poco, sosteniéndome siempre el capitán, salimos a tierra firme donde los nuestros se congregaban en la oscuridad. Había alrededor más sombras de hombres armados, y también las formas confusas de muchas mulas y carros listos para cargar lo que había en las bodegas del barco.

–A fe mía –dijo alguien– que nos hemos ganado el jornal.

Aquellas palabras, dichas en tono festivo, rompieron el
silencio y la tensión que aún quedaba del combate. Como
siempre después de la acción –eso lo había visto repetirse
una y otra vez en Flandes–, poco a poco los hombres empezaron a hablar, primero de modo aislado, con frases breves,
quejidos y suspiros. Luego de modo más abierto. Llegaron
al fin los pardieces, las risas y las fanfarronadas, el vive Dios
y pese a Cristo que yo hice tal, o fulano hizo cual. Algunos
reconstruían los lances del abordaje o se interesaban por el
modo en que habían muerto este o aquel compañero. No oí
lamentar la pérdida del contador Olmedilla: aquel tipo seco
y vestido de negro nunca les fue simpático, y además saltaba
a la vista que no era hombre de tales menesteres. Nadie le
había dado vela en su propio entierro.

–¿Qué fue del Bravo de los Galeones? –preguntó uno–.
No lo vi reventar.

–Estaba vivo a lo último –dijo otro.

–El marinero –añadió un tercero– tampoco bajó del barco.

Nadie supo dar razón, o los que podían darla se callaron.
Hubo algunos comentarios a media voz; pero a fin de cuentas el marinero Suárez no tenía amigos en aquella balumba,
y el Bravo era detestado por la mayoría. En realidad nadie
lamentaba su ausencia.

–A más tocamos, supongo –apuntó uno.

Alguien se rió, grosero, dando por zanjado el asunto. Y me
pregunté –sin muchas dudas en la respuesta– si en caso de
estar yo mismo tirado en la cubierta, frío y tieso como la mo-
jama, habría merecido el mismo epitafio. Veía cerca la som-

bra callada de Juan Jaqueta; y aunque era imposible distinguir su cara, supe que miraba al capitán Alatriste.

Seguimos camino hasta una venta cercana, que ya estaba dispuesta para que pasáramos la noche. Al ventero –gente bellaca donde las haya– le bastó vernos las caras, los vendajes y los hierros para volverse tan diligente y obsequioso como si fuésemos grandes de España. De modo que allí hubo vino de Jerez y Sanlúcar para todos, fuego para secar las ropas y comida abundante de la que no perdonamos letra, pues con la sarracina teníamos bien mochos los estómagos. Se entregaron jarras y cabrito asado al brazo secular, y terminamos haciendo la razón por los camaradas muertos y por las relucientes monedas de oro que cada cual vio apilar ante sí sobre la mesa, traídas antes del amanecer por el hombre del bigote bermejo, al que acompañaba un cirujano que atendió a nuestros heridos, limpió el roto de mi costado, cosióme dos puntos en la herida, y puso en ella ungüento y un vendaje nuevo y limpio. Poco a poco los hombres se fueron quedando dormidos entre los vapores del vino. De vez en cuando el Zurdo o el Portugués se quejaban de sus heridas, o resonaban los ronquidos de Copons, que dormía tirado sobre una estera con la misma flema que yo le había visto en el fango de las trincheras de Flandes.

A mí, el malestar de la herida me impidió conciliar el sueño. Era la primera que sufría, y mentiría si negase que su

dolor me hacía experimentar un nuevo e indecible orgullo. Ahora, con el paso del tiempo, tengo otras marcas en el
cuerpo y en la memoria: aquélla es sólo un trazo casi imper-
ceptible sobre mi piel, minúscula en comparación con la de
Rocroi, o con la que me hizo la daga de Angélica de Alquézar; pero a veces paso los dedos por encima y recuerdo como si fuera ayer la noche en la barra de Sanlúcar, el combate
en la cubierta del *Niklaasbergen* y la sangre del Bravo de los
Galeones manchando de rojo el oro del rey.

Tampoco olvido al capitán Alatriste como lo vi esa madrugada en que el dolor no me dejaba dormir, sentado aparte en un taburete, la espalda contra la pared, viendo el alba
penetrar grisácea por la ventana, bebiendo vino lenta y me-
tódicamente, como tantas veces lo vi hacerlo, hasta que sus
ojos parecieron de vidrio opaco y su perfil aquilino se inclinó despacio sobre el pecho, y el sueño, un letargo semejante
a la muerte, se adueñó de su cuerpo y su conciencia. Y yo
había vivido junto a él tiempo suficiente para conocer que,
incluso en sueños, Diego Alatriste seguía moviéndose a través de aquel páramo personal que era su vida, callado, solitario y egoísta, cerrado a todo lo que no fuese la indiferencia
lúcida de quien conoce el escaso trecho que media entre estar
vivo y estar muerto. De quien mata por oficio para conservar el resuello, para comer caliente. Para cumplir, resignado,
las reglas del extraño juego: el viejo ritual a que hombres como él se veían abocados desde que existía el mundo. Lo demás, el odio, las pasiones, las banderas, nada tenía que ver
con aquello. Habría sido más llevadero, sin duda, que en

lugar de la amarga lucidez que impregnaba cada uno de sus
actos y pensamientos, el capitán Alatriste hubiera gozado
de los dones magníficos de la estupidez, el fanatismo
o la maldad. Porque sólo los estúpidos,
los fanáticos o los canallas viven
libres de fantasmas, o
de remordimientos.

EPÍLOGO

mponente en su uniforme amarillo y rojo, el sargento de la guardia española me observó irritado, reconociéndome cuando franqueé la puerta de los Reales Alcázares con don Francisco de Quevedo y el capitán Alatriste. Era el individuo fuerte y mostachudo con el que yo había tenido días atrás unas palabras frente a las murallas; y sin duda le sorprendía verme ahora con jubón nuevo, bien repeinado y más galán que Narciso, mientras don Francisco le mostraba el documento por el que se nos autorizaba a asistir a la recepción que sus majestades los reyes daban al municipio y al consulado de Sevilla, para celebrar la llegada de la flota de Indias. Otros invitados entraban al mismo tiempo: ricos comerciantes con esposas bien provistas de joyas, mantillas y abanicos, caballeros de la nobleza menor que sin duda habían empeñado sus últimos bienes para estrenar ropa aquella tarde, eclesiásticos de sotana y manteo, y representantes de los gremios locales. Casi todos miraban a uno y otro lado extasiándose boquiabiertos e inseguros, impresionados por la espléndida apariencia de las guardias española, borgoñona y tudesca que custodiaban el recinto, cual si temieran que de un momento a otro alguien preguntase qué hacían allí antes de echarlos a la calle. Hasta el último invitado sabía que sólo iba a ver a los reyes un instante y de lejos, y que todo se limitaría a descubrirse la cabeza, inclinarla al paso de sus augustas majestades y poco más; pero hollar los jardines del antiguo palacio árabe y asistir a una jornada como aquélla, adoptando el continente hidalgo y endomingado propio de un grande de España, y poder contarlo al día siguiente, colmaba las ínfulas que todo español del siglo, hasta el más plebeyo, cultivaba dentro. Y de ese modo, cuando también al otro día el cuarto Felipe plantease al municipio la aprobación de un nuevo impuesto o una tasa extraordinaria sobre el tesoro recién llegado, Sevilla tendría en la boca el almíbar necesario para endulzar lo amargo del trago –las más mortales estocadas son las que traspasan el bolsillo–, y aflojaría la mosca sin excesivos melindres.

–Allí está Guadalmedina –dijo don Francisco.

Álvaro de la Marca, que se entretenía de parla con unas damas, nos vio de lejos, disculpóse mediante una graciosa cortesía y vino a nuestro encuentro con mucha política, luciendo la mejor de sus sonrisas.

–Pardiez, Alatriste. Cuánto me alegra.

Con su desenvoltura habitual saludó a Quevedo, elogió mi jubón nuevo y golpeó con amistosa suavidad un brazo del capitán.

–Hay quien se alegra mucho también –añadió.

Vestía tan elegante como solía: de azul pálido con pasamanería de plata y una hermosa pluma de faisán en el chapeo; y su aspecto cortesano contrastaba con el sobrio indumento de Quevedo, negro y con la cruz de Santiago al pecho, y también con el de mi amo, que iba de pardo y negro, con un jubón viejo pero cepillado y limpio, greguescos de lienzo, botas, y la espada reluciente en el cinto recién pulido. Sus únicas prendas nuevas eran el sombrero –un fieltro de anchas alas con una pluma roja en la toquilla–, la blanquísima valona almidonada que llevaba abierta, a lo soldado, y la daga que reemplazaba la rota durante el encuentro con Gualterio Malatesta: una magnífica hoja larga de casi dos cuartas, con las marcas del espadero Juan de Orta, que había costado diez escudos.

–No quería venir –dijo don Francisco, señalando al capitán con un gesto.

–Ya lo supongo –respondió Guadalmedina–. Pero hay órdenes que no se pueden discutir –guiñó un ojo, familiar–... Mucho menos un veterano como tú, Alatriste. Y ésta es una orden.

El capitán no decía nada. Miraba en torno, incómodo, y a veces se tentaba la ropa como si no supiera qué hacer con las manos. A su lado, Guadalmedina sonreía al paso de éste

o aquél, saludaba con un gesto a un conocido, con una inclinación de cabeza a la mujer de un mercader o a la de un leguleyo, que se curaban el pudor con golpes de abanico.

–Te diré, capitán, que el paquete llegó a su destinatario,
y que todo el mundo se huelga mucho de ello –interrum-
pióse, con una risa, y bajó la voz–... A decir verdad, unos
se huelgan menos que otros... Al duque de Medina Sidonia le ha dado un ataque que casi se muere del disgusto.
Y cuando Olivares regrese a Madrid, tu amigo el secretario real Luis de Alquézar tendrá que dar unas cuantas explicaciones.

Guadalmedina seguía riendo bajito, muy puesto en chanza,
sin dejar los saludos, haciendo gala de una impecable apariencia de cortesano.

–El conde duque está en la gloria –prosiguió–. Más feliz
que si Cristo fulminase a Richelieu... Por eso quiere que
estés hoy aquí: para saludarte, aunque sea de lejos, cuando
pase con los reyes... No me digas que no es un honor. Invitación personal del privado.

–Nuestro capitán –dijo Quevedo– opina que el mejor
honor que podría hacérsele es olvidar por completo este
asunto.

–No le falta razón –opinó el aristócrata–. Que a menudo
el favor de los grandes es más peligroso y mezquino que su
desfavor... De cualquier modo, tienes suerte de ser soldado, Alatriste, porque como cortesano serías un desastre...
A veces me pregunto si mi oficio no es más difícil que el
tuyo.

—Cada cual —dijo el capitán— se las arregla como puede.

—Y que lo digas. Pero volviendo a lo de aquí, te diré que el rey mismo le pidió ayer a Olivares que le contara la historia. Yo estaba delante, y el privado pintó un cuadro bastante vivo... Y aunque ya sabes que nuestra católica majestad no es hombre que exteriorice sus emociones, que me ahorquen como a un villano si no lo vi parpadear seis o siete veces durante el relato; lo que en él es el colmo.

—¿Eso va a traducirse en algo? —preguntó Quevedo, práctico.

—Si os referís a algo que suene y tenga cara y cruz, no lo creo. Ya sabéis que en deshilar lana, si Olivares es tacaño, su majestad nos sale tacaño y medio... Consideran que el negocio quedó pagado en su momento, y bien pagado además.

—Eso es verdad —concedió Alatriste.

—Así será, si tú lo dices —Álvaro de la Marca encogía los hombros—. Lo de hoy es, digamos, un colofón honorífico... Al rey le han picado la curiosidad, recordándole que fuiste tú el de las estocadas del príncipe de Gales en el corral del Príncipe hace un par de años. Así que tiene antojo de verte la cara —el aristócrata hizo una pausa cargada de intención—... La otra noche, la orilla de Triana estaba demasiado oscura.

Dicho eso calló de nuevo, atento al rostro impasible de Alatriste.

—¿Has oído lo que acabo de decir?

Mi amo sostuvo aquello sin responder, como si lo que planteaba Álvaro de la Marca fuese algo que ni le importaba ni deseaba recordar. Algo de lo que prefería mantenerse al margen. Tras un instante el aristócrata pareció entenderlo; porque sin dejar de observarlo movió lentamente la cabeza mientras sonreía a medias, el aire comprensivo y amistoso. Después ojeó alrededor y se detuvo en mí.

—Cuentan que el chico estuvo bien —dijo, cambiando de tecla—... Y que hasta se llevó un lindo recuerdo.

—Estuvo muy bien —confirmó Alatriste, haciéndome ruborizar de arrogancia.

—En cuanto a lo de esta tarde, conocéis el protocolo —Guadalmedina indicó las grandes puertas que comunicaban los jardines con el palacio—... Aparecerán por ese lado sus majestades, se inclinaran todos estos palurdos, y los reyes desparecerán por esa otra parte. Visto y no visto. En cuanto a ti, Alatriste, no tendrás más que descubrirte e inclinar por una vez en tu maldita vida esa cabezota de soldado... El rey, que pasará oteando las alturas como acostumbra, te mirará un momento. Olivares hará lo mismo. Tú saludas, y en paz.

—Gran honor —dijo Quevedo, irónico. Y luego recitó, en voz muy baja, haciéndonos acercar en corro las cabezas:

> *¿Veslos arder en púrpura, y sus manos*
> *en diamantes y piedras diferentes?*
> *Pues asco dentro son, tierra y gusanos.*

Guadalmedina, que aquella tarde estaba muy puesto en vena cortesana, dio un respingo. Volvíase en torno, molesto, acallando al poeta con gestos para que fuese más comedido.

—A fe, don Francisco. Reportaos, que no está el horno para bollos... Además, hay quien se dejaría arrancar una mano por una simple mirada del rey —se volvió al capitán, persuasivo—... De cualquier modo, bueno es que también Olivares te recuerde, y bueno es que desee verte aquí. En Madrid tienes unos cuantos enemigos, y no es baladí contar al privado entre los amigos... Ya es tiempo de que deje de seguirte la miseria como la sombra al cuerpo. Y como tú mismo le dijiste una vez al propio don Gaspar en mi presencia, nunca se sabe.

—Es cierto —repitió Alatriste—. Nunca se sabe.

Sonó un redoble de tambor al extremo del patio, seguido de un toque corto de corneta, y las conversaciones se apagaron mientras los abanicos interrumpían su aleteo, algunos sombreros se abatían, y todo el mundo atendía hacia el otro lado de las fuentes, los setos recortados y las amenas rosaledas. Allí había unas grandes colgaduras y tapices, y bajo ellas acababan de aparecer los reyes y su séquito.

—Debo reunirme con ellos —se despidió Guadalmedina—. Hasta luego, Alatriste. Y si es posible, intenta sonreír un poco cuando te vea el privado... Aunque pensándolo bien, mejor quédate serio... ¡Una sonrisa tuya hace temer una estocada!

Se alejó y quedamos donde nos había dispuesto, en la orilla misma del camino de albero que cruzaba por la mitad del jardín, mientras la gente abría plaza a uno y otro lado, todos pendientes de la comitiva que avanzaba despacio por la avenida. Iban delante dos oficiales y cuatro arqueros de la guardia, y detrás una elegante muestra del séquito real: gentileshombres y azafatas de los reyes, ellas con sombreros y mantellinas con plumas, joyeles, puntillas y ricas telas; y ellos vestidos de buenos paños con diamantes, cadenas de oro y espadas de corte con empuñaduras doradas.

–Ahí la tienes, chico –susurró Quevedo.

No hacía falta que lo dijera, porque yo estaba atento, mudo e inmóvil. Entre las meninas de la reina venía Angélica de Alquézar, por supuesto, con una mantilla blanca finísima, casi transparente, sobre los hombros que rozaban sus tirabuzones rubios. Lucía tan bella como de costumbre, con el detalle de un gracioso pistolete de plata y piedras preciosas sujeto a la cintura, que parecía de veras capaz de disparar una bala, y que portaba en forma de joya o adorno sobre la amplia falda de raso de aguas rojo. Un abanico de Nápoles pendía de su muñeca, pero el cabello iba sin tocado ninguno, excepto una delicada peineta de nácar.

Me vio, al fin. Sus ojos azules, que mantenía indiferentes ante sí, volviéronse de pronto cual si adivinaran mi presencia o como si, por alguna extraña brujería, esperasen encontrarme precisamente allí. De ese modo Angélica me observó con mucho espacio y mucha fijeza, sin volver la cara ni descomponer su continente. Y de pronto, cuando ya estaba a punto de rebasarme y no podía seguir mirando sin volver el rostro, sonrió. Y la suya fue una sonrisa espléndida, luminosa como el sol que doraba las almenas de los Alcázares. Después pasó de largo, alejándose por la avenida, y quedé

boquiabierto como un perfecto menguado; sometidas sin
cuartel, a su amor, mis tres potencias: memoria, entendimien-
to y voluntad. Pensando que, sólo por verla mirarme así de
nuevo, habría regresado a la Alameda de Hércules o a bordo
del *Niklaasbergen*, una y mil veces, dispuesto a hacerme matar en el acto. Y fue tan intenso el latido de mi corazón y de
mis venas, que noté una suave punzada y una humedad tibia
en el costado, bajo el vendaje, donde acababa de abrirse otra
vez la herida.

–Ah, chico –murmuró don Francisco de Quevedo, poniéndome una mano afectuosa en un hombro–... Así es y
será siempre: mil veces morirás, y nunca acabarán con la vida tus congojas.

Suspiré, pues era incapaz de articular palabra. Y oí recitar
muy quedamente al poeta:

> *Aquella hermosa fiera*
> *en una reja dice que me espera...*

Llegaban ya a nuestra altura sus majestades los reyes con
mucha pausa y protocolo: Felipe Cuarto, joven, rubio, de
buen talle, muy erguido y mirando hacia arriba como solía,
vestido de terciopelo azul con guarnición de negro y plata,
el Toisón con una cinta negra y una cadena de oro sobre el
pecho. La reina doña Isabel de Borbón vestía en argentina
con vueltas de tafetán anaranjado, y un tocado de plumas y
joyas que acentuaba la expresión juvenil, simpática, de su
rostro. Ella sí sonreía con donaire a todo el mundo, a dife-

rencia de su marido; y era grato espectáculo el paso de aquella hermosa reina española de nación francesa, hija, hermana y esposa de reyes, cuya alegre naturaleza alegró la sobria Corte durante dos décadas, despertó suspiros y pasiones que contaré en otro episodio a vuestras mercedes, y se negó siempre a vivir en El Escorial: el impresionante, oscuro y austero palacio construido por el abuelo de su esposo, hasta que –paradojas de la vida, que a nadie excluyen– la pobrecilla terminó morando en él a perpetuidad, enterrada allí a su muerte con el resto de las reinas de España.

Pero todo eso estaba muy lejos, en aquella festiva tarde sevillana. Los reyes eran jóvenes y apuestos, y a su paso se destocaban las cabezas inclinándose ante la majestad de la realeza. Venía con ellos el conde duque de Olivares, corpulento e imponente, viva estampa del poder en traje de tafetán negro, con aquella recia espalda que, a modo de Atlante, sostenía el arduo peso de la monarquía inmensa de las Españas; tarea imposible que el talento de don Francisco de Quevedo pudo, años más tarde, resumir en sólo tres versos:

> *Y es más fácil, ¡oh España!, en muchos modos,*
> *que lo que a todos les quitaste sola,*
> *te puedan a ti sola quitar todos.*

Llevaba don Gaspar de Guzmán, conde duque de Olivares y ministro del rey nuestro señor, rica valona de Bruselas y la cruz de Calatrava bordada en el pecho; y sobre el enorme mostacho que le subía fiero hasta casi los ojos, éstos, penetrantes y avisados, iban de un lado a otro, identificando, estableciendo, conociendo siempre, sin tregua. Muy pocas veces se detenían sus majestades, siempre a indicación del conde duque; y en tal caso el rey, la reina o ambos a la vez, miraban a algún afortunado que por razones, servicios o influencias era acreedor de tal honor. En tales casos, las mujeres hacían reverencias hasta el suelo, y los hombres se doblaban por la cintura, bien descubiertos como es natural desde el principio; y luego, tras concederles el privilegio de esa contemplación y un instante de silencio, los reyes proseguían su solemne marcha. Iban detrás nobles escogidos y grandes de España, entre los que se contaba el conde de Guadalmedina; y al llegar cerca de nosotros, mientras Alatriste y Quevedo se quitaban los sombreros como el resto de la gente, Álvaro de la Marca dijo unas palabras al oído de Olivares y éste dirigió a nuestro grupo una de sus ojeadas feroces, implacables como sentencias. Vimos entonces que el privado deslizaba a su vez unas palabras al oído del rey, y cómo Felipe Cuarto, bajando la vista de las alturas, la fijaba en nosotros, deteniéndose. El conde duque seguía hablándole al oído, y mientras el Austria, adelantado el labio prognático, escuchaba impasible, sus ojos de un azul desvaído se posaron en el capitán Alatriste.

–Hablan de vuestra merced –susurró Quevedo.

Observé al capitán. Permanecía erguido, el sombrero en una mano y la otra en el puño de la espada, con su recio perfil mostachudo y la cabeza serena de soldado, mirando a la cara de su rey; al monarca cuyo nombre había voceado en

los campos de batalla, y por cuyo oro había reñido tres noches atrás, a vida o muerte. Observé que el capitán no parecía impresionado, ni tímido. Toda su incomodidad ante el
protocolo había desaparecido, y sólo quedaba allí su mirada
digna y franca que sostenía la de Felipe Cuarto con la equi-
dad de quien nada debe y nada espera. Recordé en ese momento el motín del tercio viejo de Cartagena frente a Breda,
cuando yo estuve a punto de unirme a los revoltosos, y las
banderas salían de las filas para no verse deshonradas por la
revuelta, y Alatriste me dio un pescozón para obligarme a ir
tras ellas, con las palabras: «Tu rey es tu rey». Y era allí, en el
patio de los Reales Alcázares de Sevilla, donde yo empezaba
a penetrar por fin la enjundia de aquel singular dogma que
no supe entender en su momento: la lealtad que el capitán
Alatriste profesaba, no al joven rubio que ahora estaba ante
él, ni a su majestad católica, ni a la verdadera religión, ni a la
idea que uno y otras representaban sobre la tierra; sino a
la simple norma personal, libremente elegida a falta de otra
mejor, resto del naufragio de ideas más generales y entusias-
tas, desvanecidas con la inocencia y con la juventud. La regla que, fuera cual fuese, cierta o errada, lógica o no, justa o
injusta, con razón o sin ella, los hombres como Diego Alatriste necesitaron siempre para ordenar –y soportar– el apa-
rente caos de la vida. Y de ese modo, paradójicamente, mi
amo se descubría con escrupuloso respeto ante su rey, no
por resignación ni por disciplina, sino por desesperanza.
A fin de cuentas, a falta de viejos dioses en los que confiar,
y de grandes palabras que vocear en el combate, siempre era

bueno para la honra de cada cual, o al menos mejor que nada, tener a mano un rey por quien luchar y ante el que descubrirse, incluso aunque no se creyera en él. De manera que
el capitán Alatriste se atenía escrupulosamente a ese principio; de igual modo que tal vez, de haber profesado una lealtad distinta, habría sido capaz de abrirse paso entre la mul-
titud y acuchillar a ese mismo rey, sin dársele un ardite las
consecuencias.

En ese momento ocurrió algo insólito que interrumpió mis
reflexiones. El conde duque de Olivares concluyó su breve
relación, y los ojos por lo común impasibles del monarca, que
ahora adoptaban una expresión de curiosidad, se mantuvie-
ron fijos en el capitán mientras aquel hacía un levísimo gesto
de aprobación con la cabeza. Y entonces, llevando muy pau-
sadamente la mano a su augusto pecho, el cuarto Felipe des-
colgó la cadena de oro que en él lucía, y se la pasó al conde
duque. Sopesóla en la mano el privado, con una sonrisa pen-
sativa; y luego, para asombro general, vino hasta nosotros.

—A su majestad le place tengáis esta cadena —dijo.

Había hablado con aquel tono recio y arrogante que era
tan suyo, asaeteándolo con las puntas negras y duras de sus
ojos, la sonrisa todavía visible bajo el fiero mostacho.

—Oro de las Indias —añadió el privado con manifiesta ironía.

Alatriste había palidecido. Estaba inmóvil como una estatua de piedra, y atendía al conde duque cual si no alcanza-
se sus palabras. Olivares seguía mostrando la cadena en la
palma de la mano.

—No me tendréis así toda la tarde —se impacientó.

El capitán pareció despertar por fin. Y al cabo, rehechos la serenidad y el gesto, tomó la joya, y murmurando unas confusas palabras de agradecimiento miró de nuevo al rey. El monarca seguía observándolo con la misma curiosidad mientras Olivares regresaba a su lado, Guadalmedina sonreía entre los asombrados cortesanos, y la comitiva se dispuso a continuar camino. Entonces el capitán Alatriste inclinó la cabeza con respeto, el rey asintió de nuevo, casi imperceptiblemente, y todos reanudaron la marcha.

Paseé la vista alrededor, desafiante, orgulloso de mi amo, por los rostros curiosos que contemplaban con asombro al capitán, preguntándose quién diablos era ese afortunado a quien el conde duque en persona entregaba un presente del rey. Don Francisco de Quevedo reía en voz baja, encantado con aquello, haciendo castañetas con los dedos, y hablaba de ir a remojar en el acto el gaznate y la palabra a la hostería de Becerra, donde urgía poner en un papel ciertos versos que se le acababan de ocurrir, voto a Dios, allí mismo:

> *Si no temo perder lo que poseo,*
> *ni deseo tener lo que no gozo,*
> *poco de la Fortuna en mí el destrozo*
> *valdrá, cuando me elija actor o reo.*

... Recitó en nuestro obsequio, feliz como siempre que daba con una buena rima, una buena riña o una buena jarra de vino:

Vive Alatriste solo, si pudieres,
pues sólo para ti, si mueres, mueres.

En cuanto al capitán, permanecía inmóvil en el sitio, entre
la gente, todavía con el sombrero en la mano, mirando alejarse la comitiva por los jardines del Alcázar. Y para mi sorpresa
vi ensombrecido su rostro, como si cuanto acababa de ocurrir
lo atase de pronto, simbólicamente, más de lo que él mismo
deseaba. El hombre es libre cuanto menos debe; y en la naturaleza de mi amo, capaz de matar por un doblón o una
palabra, había cosas nunca escritas, nunca dichas, que vin-
culaban igual que una amistad, una disciplina o un juramento. Y mientras a mi lado don Francisco de Quevedo seguía
improvisando los versos de su nuevo soneto, yo supe, o in-
tuí, que al capitán Alatriste aquella cadena del rey le pesaba
como si fuera de hierro.

Madrid, octubre 2000

EXTRACTOS DE LAS

FLORES DE POESÍA
DE VARIOS INGENIOS DE ESTA CORTE

Impreso del siglo XVII sin pie de imprenta

conservado en la Sección «Condado de Guadalmedina» del Archivo y

Biblioteca de los Duques del Nuevo Extremo (Sevilla).

VELATORIO Y POSTRIMERÍAS DEL RVFO NICASIO GANZVA, MVERTO EN SEVILLA DE VNA ESQVINENCIA DE SOGA

ಬಡಞ *Jácara primera*ಬಡಞ

N la trena de Sevilla
Se ha dado cita la carda,
Jayanes de calidad,
Lo mejor de cada casa.
Tal junta de valentones
Ha venido a echar tajada,
Porque a Nicasio Ganzúa
Le dan pasaporte al alba
Y en cas de Su Majestad
Se hace solemne velada,
Que no hay como ir por la posta
Cuando es el Rey quien lo manda.
Los cofrades de la heria,
Los de a tanto la estocada
(Engrasado el sotalcaide
Con sendos de a ocho de plata),
Bien embozados de luto
Y herrados hasta en el alma,
Al de córpore insepulto
Laudes dan, mas no sagradas.
Asentábase a una mesa
La flor de la jacaranda,
Que a un velorio de tal lustre
Ningún jaque honrado falta.
Allí vierais fieros godos

(Que a las godas no hay entrada),
Con los sombreros calados
Como los grandes de España,
Dándole paz a los jarros,
A San Trago haciendo salvas,
Pues no hay mejor devoción
Para gente acuchillada.
Todos hacen la razón
Por la honra del camarada,
Y bien se ve cuánta tiene,
A tenor de lo que embalsan.
Acá está Ginés el Lindo,
Diestro, y zurdo por la espalda,
Ahigadado, fondo en puto,
Templador de la guitarra.
Saramago el Portugués
Filosofa allá en voz alta,
Pues es doctor *in utriusque*,
Ora en pluma, ora en espada.
Acullá un fino bellaco,
De Chipiona, y tinto en lana,
El Bravo de los Galeones
Por sobrenombre lo llaman.
De esotra parte echa mano
De la desencuadernada

Guzmán Ramírez, un bravo
De los de pocas palabras.
Al lado el Rojo Carmona
En el juego le acompaña,
Que en los garitos de flores
Ramos variados alza.
Otra gente de la briva
Y de pendón verde estaba,
Aventureros de tronga,
Amigos de ajenas capas.
También allí a la sazón
Diego Alatriste se hallaba,
Que entre los finibusterre

A ido a levantar mesnada,
Llevando a Íñigo Balboa
Consigo, mozo de agallas,
Que ya de Bredá en el sitio
Mostró que no se acobarda.
Cantando por seguidillas,
Jugando de la baraja,
Trasegando de lo caro,
Al buen Ganzúa velaban,
Que es de gente bien nacida
Acudir cuando hace falta,
Y quien a otro da consuelo,
Lo encontrará en su desgracia.

ঙ্কেহ্ব*Jácara segunda*ঙ্কেহ্ব

LLOS en aquesto estando,
Se presentó la justicia,
Leyó en alto la sentencia,
Porque el reo se aperciba,
El cual estaba jugando
Y aunque tanto en ello le iba,
Más ocupado en los tantos,
No se le dio ni una higa.
El escribano y las guardas
Del tropel ya se retiran,
Y la confesión le ofrece
Su reverencia agustina.
La cual Nicasio Ganzúa
Muy gentilmente declina,
Pues no va a entonar en vísperas
Lo que no cantó de prima.
Sin fraile y sin gurullada,
El jaque en derecho envida
Y sacó luego borrego,

Conque ganó a la malilla.
Alzado al fin con el triunfo,
El harato repartía
Y del hirsuto bigote
Se atusó la enhiesta guía.
Y con grave continente
Hablóle a la cofradía
Con singulares razones,
Bien oiréis lo que diría:
«Zampuzado en el banasto
Me tienen sus señorías
Y a la mañana me espera
De la soga la caricia.
»Pues su amor es del que mata
Y ya no queda salida,
Quiero ante vuacés, señores,
Preparar la despedida.
»Póngoles, pues, por testigos
En esta santa capilla,

De mi última voluntad,
      Y cúmplase, por mi vida.
Si no fuera por un fuelle
      Que sopló más que debía,
      En el momento presente
      Yo en estas no me vería.
»Mándole pues al parlero
      Una cuarta de cuchilla
      Con que se haga en el gaznate
      Beneficiosa sangría.
»Pues la de ir suelto de lengua
      Plaga es por demás dañina,
      Con que no les digo más
      Sino lo que prescribía.
»Item más, mando saludos
      Al seor de la platería,
      Porque hizo en delatarme
      Tremenda bellaquería.
»De antuvión me lo saluden,
      Que en modo alguno querría
      Que no admitiese recuerdos
      De un jaque de nombradía.
»Item más, varias mojadas
      Al corchete Mojarrilla,
      Porque con muy malos modos

      Me puso la mano encima.
»Idem de lienzo al seor juez,
      Ropón de la ropería,
      Pues por más que sea Fonseca,
      Ha de manar por la herida.
»Les encomiendo por último
      La Aliviosa Maripizca,
      Coima fiel donde las haya,
      De sangre y de bubas limpia.
»Ampárenmela, compadres,
      Que aunque no es ella muy niña,
      No conviene que ande sola
      Por las Sierpes una ninfa.
»Y fecha a tantos del tal,
      En la cárcel de Sevilla,
      Este testamento abierto
      El bravo citado arriba».
Con esto acabó Ganzúa
      Una relación tan digna
      Que asintieron los germanos
      Con el alma conmovida,
Y los jácaros presentes,
      Con votos y con porvidas,
      Ejerciendo de albaceas,
      Juraron que así se haría.

ೞ೪Jácara tercera೪೧೪

ADEREZADO de rúa
      Ganzúa en capilla estaba,
      No se le vio más galano
      Que el día que lo velaban.
Jubón de paño morado,
      Las mangas acuchilladas,
      Calzones de lienzo verde,
      Cinto de cuatro pulgadas.

Los zapatos de paseo,
      Con lustre y cinta encarnada,
      Y sobre el betún el brillo
      De su hebillita de plata.
A la mañana siguiente,
      Para acudir a la plaza,
      Mudóse a toga sayal,
      Según conviene a tal gala

Cual salir a la escalera,
   No como hacen los garnachas,
   Que cuando salen a vistas,
   No llegan más que a la sala.
Del estaribel fue en mula,
   Con crucifijo y con varas,
   Iba delante el bramón,
   Cantando lo que aquél calla.
Gallardo avanza, y tranquilo,
   Sin huellas de la resaca,
   Saludando a quien conoce
   Con parsimonia y con calma.
No lo hallaran más tranquilo
   Si a romero lo sacaran;
   De dejarse ajusticiar
   Viéndolo ganas entraban.
Al ascender al patíbulo
   Subió muy grave las gradas,
   Sin dar traspiés, pese estar
   De un peldaño quebrantadas.
Y en alcanzando el tablado,
   Se vuelve y sin alharacas
   Al público congregado
   Dirigió tales palabras:

«Es un trámite morir,
   Pero cuando el Rey lo manda,
   Nadie osará desmentirme
   Que sea una muerte honrada».
A todos pareció bien
   Los que a la sazón se hallaban,
   Su Maripizca y los jaques
   En junta testamentaria.
También se tuvo por bueno
   Que la Aliviosa mentada
   Trajese golpe de ciegos
   Para rezar por su alma.
Hubo su algo de sermón
   Y su Credo en voz templada,
   Que irse un jaque de falsete
   Es deshonra acreditada.
Ciñó el verdugo, a la postre,
   Con esparto su garganta
   Y tras el «Perdone, hermano»,
   El resuello le atraganta.
No hizo Ganzúa visajes,
   Ni muecas ni caras raras,
   Mas con mucha compostura
   Quedó como si pensara.

PREVENCIÓN MORAL
AL CAPITÁN DIEGO ALATRISTE

⧉⧉ *Soneto* ⧉⧉

 I no temo perder lo que poseo,
Ni deseo tener lo que no gozo,
Poco de la Fortuna en mí el destrozo
Valdrá, cuando me elija actor o reo.

Si no es el mal ajeno mi recreo,
   Ni el bien mundano causa en mí alborozo,
   Venir podrá la muerte sin rebozo,
   Que no he de huirla, si ante mí la veo.

Y tú, a salvo también de las cadenas
   Con que el siglo cautiva corazones,
   Mantente, Diego, libre de pasiones,

Y lejos de los goces y las penas,
   Vive Alatriste solo, si pudieres,
   Pues sólo para ti, si mueres, mueres.

ÍNDICE

La segunda edición de este libro
se terminó de imprimir
en los Talleres Gráficos
de Unigraf, S. L.
Móstoles, Madrid (España)
en el mes de diciembre de 2000